U0559129

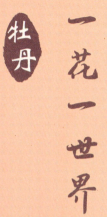

李振平 主编

韩小蕙 著

一花一世界

泰山出版社·济南·

总　序

放眼整个人类的文化文明历史，说自然界中最具审美观赏价值与意义的植物非花莫属，绝大多数人会深表认同。各色各样、争奇斗艳、芳香醉人的花，凝聚着天地精华，躁动着乡野元气，飞扬着生命激情，流溢着审美性灵，写照着人格精神，不仅美化了环境，靓丽了风景，映衬了天地，更温柔了血液，活泼了心性，浪漫了情致，诠释了无限的美与诗意。

综观人与自然界的万千联系，说人与花的关系属于最密切最广泛一类，更是毋庸置疑。从古至今，人们将无限繁复无比美好的情感寄寓花卉之中，各色各样、争奇斗艳、芳香醉人的花，其色与味、气与韵、形与神、情与思、品与格、美与魅，从生活到艺术与人类息息相关，纵贯于人类历史发展、文化嬗变的各个时段，连通起每个个体生命的丰饶情思，成就了数不胜数的文学佳作名篇。

古时的文人雅集自然是少不了花的，且不说文人墨客们兴致勃勃展示自己插花手艺时的别有情趣，就连喝酒行令也常常以花为题。"飞花令"在唐宋两代是文人雅集时最喜欢的酒令之一，不知有多少唐诗宋词佳句，定格再现了文人墨客与梅相悦、与兰相得、与菊相立、与荷相揖的精彩瞬间。而今时的好友相约因花起意的更是寻常可见，"踏雪赏梅""游湖观荷""品茶鉴兰""把酒看菊"的主题约会频频不断，或追溯流金年华的青春岁月，或缅怀懵懂青涩的美好初恋，或交流事业成功的各自欢喜，或相邀耄耋之年的再度相会……不知有多少美文美图记载还原了休闲人生的惬意时光。

在从古至今的文学书写中，花更是一个长盛不衰的聚焦点，甚至可以说是一个永恒的母题。最早的诗歌总集《诗经》就写到了多种花，如《摽有梅》里的梅花、《桃夭》里的桃花、《有女同车》里的芙蓉花、《山有扶苏》里的荷花、《溱洧》里的兰花与芍药等，多属对花之美或似花美女的欣赏和咏叹。自《诗经》后，中国古典诗词中写花的名家名作堪称浩如烟海，其诗家、篇目之多至唐宋两代达到巅峰。

仅以梅花为例，从唐代的李白、杜甫、韩愈、柳宗元、李商隐、白居易、王维、孟浩然、元稹、崔道融、蒋维翰、张谓，到宋代的苏轼、陆游、王安石、范成大、欧阳修、李清照、辛弃疾、赵长卿、晏几道、姜夔、卢梅坡、陈亮……真是无以数计。诗人们或咏叹梅花的凌寒报春，或仰慕梅花的高洁坚贞，或赞誉梅花的皓态孤芳，其实都是在礼敬梅花"雪虐风饕愈凛然，花中气节最高坚"（陆游），"只留清气满乾坤"（王冕）的傲骨与精神。

这套"一花一世界"丛书策划的宗旨，是以花为切入点，通过梳理其从自然界进入人们生活，进而被人格化，并逐渐成为中国的审美意象和文化符号，从而对国人的品行气质产生了深远影响的过程，诠释其承载着的博大精深的民族人文情怀和精神品格。

第一辑，我们甄选出在中国传统文化语境中最具典型意义的梅、兰、荷等几种花卉，邀集当代文坛几位女性散文大家执笔，从花的自然属性（生长于原野大地）、社会属性（走进庙堂和寻常百姓家）、文化属性（进入诗词歌赋、绘画书法）、审美属性（承载民族风情能指、精神象征意义、文化品格象喻）几个大维度切入，以立意高远、情趣洁雅、调性优美、思绪灵动、文字鲜活的生花妙笔，写她们各自眼里、心里、记忆里、镜像里的花，以及因花而勾连起的多姿多态的人生与人性世界。

丛书里所写、所品、所思、所咏之花，不只是自然界各色花卉绽放的优美景色的文学描写，亦不只是花与山河相伴或岁月相守生生不息的前世今生的轨迹梳理，更是中华民族文化发展流变的精神投射。女作家们抛开了人们给花卉贴上的"风姿绰约""色彩斑斓""争奇斗艳""赏心悦目"等泛化标签，紧扣每一种花的鲜活个性、生命特质、审美品格和精神气质，从自然物象本身的花之美、花之魅，到人们借花寄托表达情感心绪的寓情移情之美，再到花进入古典诗词和现代文学作品中成为审美意象的隐喻象征之美，写出从古至今每一种花的流变、转型、增殖，甚或逆行过程中的逸闻趣谈、故事传说、爱恨情仇、悲欢离合，解读其能指的高尚人格、高洁道德和高雅气韵等意象审美特质，着力发探其丰饶鲜活的文化蕴含，为读者探寻人文中华的历史缘起和兴替嬗变的脉络源流，廓清厘定了中国"花文化"广远丰博之内涵。

写进这套丛书中的每一种花卉，不仅描绘了姹紫嫣红的自然之美，更以伟大的人格力量、高洁的道德情操、深厚的文化内涵，表征了中华大地大爱无言、大德昭昭的沉朴民风和中华民族大悲大悯、大道大义的浩然国风。以文字定格的每一朵花，既蒸腾着熊熊烈火的极温，又凝聚着血液最浓稠最活跃的成分，注解着坚强不屈的中华民族精神和仁者博爱的文化品格；被文字激活的每一朵花，既如一泓行云流水，也如一句生活注解，诠释着葱茏翠绿的时光风华和真实安静的生命存在，给需要的人以欢喜以慰藉以启迪以审美以沉醉。

现在，请您，轻轻翻开这套丛书吧，嗅香、品魅、审美并沉醉。

李掖平

2021年6月

目录
CONTENTS

引 子

这一本书的所有文字，几乎都在说牡丹。

在我们中国，人人都知道牡丹，也都喜爱牡丹。除了在特定的历史时期，我还没听说过谁欲砍伐牡丹而后快的。无疑，牡丹以其绝美风姿博得了众人喜爱，它绝对是花界的"西施"与"潘安"，养眼、养心，养天、养地。每年，当迎春花、玉兰花拉开初春的序幕，当桃花、杏花、梨花、丁香花、榆叶梅次第开放，将春天拉到舞台正中央的时候，牡丹花便如东边的红日，金辉万道，喷薄登场了。它那硕大的、缤纷的、热烈的、灼亮的、灿烂的、神品一般的花朵，谁能做到推拒不看、不理不睬呢？这是我们人类的天性，对于美的事物，天生就会亲近与喜爱，这是我们的世俗之处，也是我们的高贵之处。

那么，对于大家如此熟悉的牡丹，我们还有什么要说的呢？还能说些什么呢？说牡丹的美貌？说牡丹的绝艳？说牡丹的国色天香？说牡丹的雍容华贵？……

是的，牡丹花美，绝顶艳丽，确实国色天香，也象征着荣华富贵。但是，我觉得不应该仅仅用这些来形容牡丹——最宝贵的应该是牡丹的精神，特别是中华文化寄予牡丹身上的中华精神。

因此，请随我到天地间，到园圃中，到田垄里，到古代与今人的诗词歌赋以及绘画、戏剧、影视中，去追寻牡丹精神。自古至今，无数作家、画家、戏剧家、摄影家、电影人等，像天空的群星一样璀璨，在他们写照牡丹的诗、词、歌、赋、绘画、戏剧、电影里，有着多少关于牡丹的发现与感悟，流露出多少借牡丹而咏赞的中华精神？

再者，我坚信，牡丹也有自己的风貌，也有自己的境界，也有它的哲学思想和精神，也有它的情调和美学格局。只不过牡丹不会人言，也不会写字，它不能把自己的思想写成文章，也不能把自己的精神写成诗。但牡丹却并不见得不会表达。它有话会对风说，对雨说，对月说，对云说。不信你看，风来了，牡丹会摇一摇，又摇一摇；雨来了，牡丹会晃一晃，又晃一晃；明月下，牡丹摇摇曳曳，喁喁私语；白云下，牡丹微微起舞，摆弄着自己的枝叶花蕾——这些就是牡丹的语言呀，风能懂得，雨能懂得，明月白云都能懂得，春夏秋冬都能领略牡丹的思想境界和精神风貌，而且还带些哲学意味和艺术风格，带些生活态度和风俗之美。

牡丹的美学思想和哲学精神，如果被诗人发现了，诗人便会写成诗；如果被词人发现了，词人便会写成词；如果被辞赋家发现，那当然便会被写成辞赋；如果被画家发现了，自然便是笔下焕彩，纸上生香。至于那些诗人、词人、辞赋家、画家们能从牡丹的枝枝叶叶上发现什么，感觉到什么，表现出什么，那就只能凭借他们自己的识见和素养了。通常，这些文人和艺术家有多深广的识见，有多宽阔的胸怀，有多博大的格局，他们眼里、心里的牡丹，便会有多深厚的内涵。比如，一个优秀的作家，他对自己的发现，会惊喜，会惊讶，会激动不已。他会把他的发现存储到他的笔下，凝结在他的文字里。他笔下的每一个字、每一行诗，会飞行在历史的星空，为民族、为国家、为社会、为人类的心灵照耀着前程。何朝何代，何日何时，他的文字终会成为照亮人类心灵的明灯，给人一种希望、一种动力。对文明来说，便可以从对牡丹的感悟中，发掘出高远的哲学思想和时代精神。

当然，我上边所说的，也不是绝对的，不是说只有诗人、词人、辞赋家、艺术家……才可从牡丹身上发现思想美德，挖掘精神内涵。生活在世界上的每一个人，不论身份、职业、性别、年龄，都可以拿牡丹的鲜艳和华丽，拿牡丹的袅娜风姿，拿牡丹的宽容大度和落落大方，作为自己的典范，将牡丹当成自己的师友。在我们日常生活的很多事物里，比如插花、供花、衣着、装饰中，都可以学习牡丹，仿效牡丹，崇敬牡丹，爱惜牡丹，甚至让自己成为一朵有哲学思想、有生命意识、有高远精神境界的牡丹花。

做一朵牡丹花，芬芳自己，芬芳世界。

第一章

牡丹在中华大地

从城市到乡村，从首都到外省，从煌煌历史深处到阳光灿烂的今天，牡丹在中华大地上随时随处盛开着。自唐朝被推上顶峰以后，国色天香的牡丹一直稳稳地坐拥着"中华第一花"的宝座。

一、我与牡丹相见恨晚

我知道牡丹很早，大约是在三四岁的时候。

我见到真牡丹却很晚，竟然晚到四十岁以后。

1."我就是要牡丹在冬天开花嘛……"

小时候，每逢过年，父亲总要到大栅栏或王府井去买年画，而且总要买几幅牡丹图。父亲总会兴致勃勃地拿给我看，并且对我说："你看，这是牡丹花，国色天香，好不好看？"我会扯着牡丹年画不放手，用小指头点着那些漂亮的花朵，告诉父亲，哪个是红的，哪个是黄的，哪个是白的、粉的、紫的……

年画上的牡丹姿态各异，有怒放的，有才打了骨朵的，有一枝一朵的，也有热热闹闹满枝开放的。我看着，笑着，还会给父亲提出一个无理的要求，要父亲把那些牡丹花从纸上拿下来给我玩儿。父亲说，那是画，不是真牡丹。听了这话，我就改变了主意，要父亲带我去看真牡丹。父亲说："现在是冬天，真牡丹还没有开花呢。"我就问父亲："牡丹为什么不能冬天开花？我现在就要看牡丹开花！"父亲就笑了，逗我说："你是武则天吗？可即使你就是武则天，牡丹也不会为你冬天开花的。"于是我就耍起了无赖，嚷嚷着"我就是要牡丹在冬天开花嘛……"

那时候我那么小，哪儿知道什么武则天呢，更不知她逼着牡丹在冬天开花的故事。但我小小的心里存了一个愿望：我什么时候能看到牡丹花呢？我一定要看到真的牡丹花！

世人皆爱花，即使尚不能言的婴儿，也会盯着美丽的花朵看，这是人的一种本性。

很难见到不爱美、不爱花的人。除非是发疯了，才会不由分说地把花那动人的笑靥装进黑袋子里，把美丽的鲜花连根刨掉——呜呼，那是把人性也一起毁灭了！

我八九岁那年，北京城里出了一件轰动的大事——中山公园里的一株铁树开花了。俗话说"千年的铁树开了花"，说的就是铁树基本不开花，若想看铁树开花，妥妥地等待一千年吧。可是偏偏在那一年，有一株铁树真的怒放了，喜得电台、报纸铺天盖地报道，喜得全北京的人，还有很多从外地专程赴京来观赏的游人，呼啦啦都涌进金水桥畔的红墙内，把那株铁树围了个里三层外三层。

记得是在某一天晚上，我纠缠父亲带我去看"铁树开花"。当时我还疑惑：那铁树上开的会不会就是难得一见的牡丹花呢？

在中山公园上千年的松柏的背衬下，在数盏极亮的白炽灯的照耀下，那株铁树站在一个巨大的花盆中，纵情地伸展着凤尾一样漂亮的大叶子，骄傲地把自己千年才绽放的精华捧与人看。在我这小小人儿的眼中，那花实在太奇特了，根本不是"花朵"，而是"棒子"，或者最恰切地说，是一个像橄榄球似的"大枣核"，金黄色，雕塑似地耸立着，一副特立独行的架势，跟平时见惯了的那些花，玫瑰啊，月季啊，抑或梅花、丁香花、玉兰花等，都截然不同。

但令我失望的是，它根本就不是牡丹花。它与我记忆中的年画上的牡丹花——父亲口中"国色天香"的牡丹花，差得太远啦。

2. 国色天香的牡丹花，你在哪儿

那时小小年纪的我，已经认识了不少花，这得益于我居住的协和医院宿舍大院里，一年四季，鲜花不断。每年一到阳春三月，我们一群小女孩儿，便天天跑到大院门口去探看杏花，那里有一株一抱粗的老杏树，年年都是它最早抖擞起密密匝匝的花骨朵，在寒风中绽出透出些粉韵的小花。从此，大院里便鲜花不断了。第二株开花的必定是41号楼前的那株中年杏树，第三株则是29号楼旁边的一株青年杏树。这三株杏花开罢，就是雪白的梨花了，冰清玉洁的梨花像一树小鸟，闹喳喳地、热烈地唱着它们欢快的歌儿。谢了梨花，大院的花事就纷繁起来了：甬道两旁走来一株株白丁香、紫丁香，每次从它们的花枝下走过，都能染上一身的清香。不几日，"点点飞红雨"的桃花也开了，把整个大院都涂上了少女的腮红。还有我最喜欢的灌木榆叶梅，一团一团的粉红色，像人工造出的大花球，远远地就能让人看醉了眼……而大院里的人们，还一个赛着一个地"贪婪"，几乎家家都栽花弄草，于是大院便更加令人眼花缭乱了：粉白相间的海棠花，红的、黄的、紫的月季花，重瓣的芍药花，甜香的槐花，火红的石榴花，五颜六色的蝴蝶花，小太阳似的蒲公英花，奇异的令箭荷花和仙人掌花，小红灯似的倒挂金钟花，以及浓香的晚香玉、夜来香，娇嫩的含笑和美人蕉，挺拔的菊花，名贵的花之王君子兰，红云似的一品红，婀娜多娇的仙客来，还有许许多多我叫不上名字的各色花卉，直开得将春延长到夏，将夏延长至秋。而进入瑞雪纷飞的冬季，天寒地冻——那时可比现在冷多了，别忙，不要以为花事就到此为止了，家家户户的窗台上，会践行契约似地摆出一盆盆水仙，翠绿的叶梗灵动翩然，洁白的小花张着黄色的小嘴，吐出一缕缕幽香，真是冰清玉洁的花仙子哟……

可是，牡丹呢？印象中，大院里什么花都有，甚至有牡丹的嫡亲表妹大芍药，可不知为什么，偏就是没有牡丹！

细想一下，不单我们大院里没有牡丹，就是整条胡同里也没有一个院子栽植了牡丹。连旁边的整条王府井大街（那时还没称为

"金街"），也没有栽植一株牡丹。

怪了，难道牡丹身居"花中之王"，秉持"王者之香"，是不肯轻易开放在寻常百姓家的？

我便到公园去寻找。中山公园里面有著名的"唐花坞"，什么花都有，连热带花卉都有，甚至冬天都有花开。唐花坞就在公园大门西侧的不远处，是一组大屋顶、黄色琉璃瓦、红墙绿楣、带彩绘长廊的中国古典亭阁式建筑，印象中也就几间屋子，面积并不大。唐花坞精致极了，宛若待嫁新娘的荷包，里面有各种奇花、香草。那时唐花坞还不收费，里面游人也不多。在它外面的向阳处，有一大片花园，种植着一片片红的、黄的、紫的、粉的各种鲜花，组成美丽的图案，热热闹闹媲美着不远处的"五色土"（社稷坛）。每次去中山公园，我都会去唐花坞转上一圈，然而竟然从没有看到过牡丹的丽影。

3. 专程去洛阳拜见牡丹，然而与花还是缘悭一面，为什么呀

人，只要用心，机会就总会有的。有一年春夏之交，在洛阳牡丹一年中盛开的最佳时间，我终于得到了去洛阳看牡丹的机会。

那年4月中旬，北京依然春色满园，而洛阳似乎已经进入夏天，到了收割麦子的季节。从北京一路南下，未到洛阳，我的心里已经全是牡丹，不断憧憬着那"花开时节动京城"的美景。那时我还年轻，明眸皓齿，黑发如瀑。殊不料，牡丹未开！

大片的花园里，每株牡丹似乎都约好似了，只顽固地停留在小

小的绿花苞阶段，不肯如往年一样绽放。主人尴尬地带着我们满园子地寻觅，希望能找到一朵花。但最终，主人只得赔出满脸歉意："真是怪了，往年这个时候，园子早就姹紫嫣红了……"

我也很沮丧，难道我真的与牡丹花无缘吗？回京城数月后，见到另一位与我同经历此番折腾的作家大姐，人家才高八斗，写出了一篇上佳散文《牡丹的拒绝》，我心里非常佩服。

牡丹啊牡丹，记得有一首《牡丹之歌》这样唱道：

啊！牡丹，百花丛中最鲜艳；啊！牡丹，众香国里最壮观。有人说你娇媚，娇媚的生命哪有这样丰满……

啊！牡丹，百花丛中最鲜艳；啊！牡丹，众香国里最壮观。冰封大地的时候，你正孕育着生机一片……

4. 四十多岁，我终于见到了牡丹真花

直到把《牡丹之歌》都听腻了，我终于再度去往古都洛阳，这才见到心仪多年的牡丹花。

那已是2010年，彼时中国改革开放已经三十多年，社会进步巨大，经济腾飞，国家富起来了，百姓生活也日渐宽裕，于是旅游之风劲吹，全国各地旅游项目蓬勃发展。我去的就是洛阳新建的一个牡丹种植新区。为什么人们都说洛阳牡丹甲天下？

洛阳是中国著名的历史文化名城，位于河南省西部，洛水之北，依"山南水北谓之阳"而得名。从中国历史上第一个封建王朝

夏朝起，先后有商、西周、东周、东汉、曹魏、西晋、北魏、隋、唐等13个皇朝在洛阳建都，历时2000多年。汉唐时，洛阳"城池雄伟，宫苑壮丽，为天下之冠"，为中国政治、经济、文化中心，有"东都""诗都""花都"等美称。奇特的是，这"花都"的"花"，传说单指牡丹花。尽管在那片大地上也年年岁岁绽放着迎春花、连翘、梅花、山桃、杏花、海棠、芍药等众多花卉，但洛阳人只视牡丹为真正的"花"，提到牡丹时直接说"花"，其余的一律叫"果子花"或"某某花"。在他们眼里只有牡丹才配称作"花"，其他的都达不到如此尊贵的地位。这里面可能有人文因素，但实话说，应该更是因着洛阳的自然条件，比如土壤的酸碱度、气温、雨量等，都非常适合牡丹生长。所以，洛阳的牡丹种植就逐渐发展为一个产业，种花能手越来越多，培育出的牡丹品质越来越高，花朵越开越大，花色越来越艳丽，洛阳牡丹从而越来越出众，最终达到独步天下的境界。唐代刘禹锡诗曰："唯有牡丹真国色，花开时节动京城。"宋代欧阳修诗赞："洛阳地脉花最宜，牡丹尤为天下奇。"这些诗传至后世，使洛阳牡丹逐渐有了"国色天香""花中之王"等专属美称。民间关于武则天命百花在冬天绽放，唯有牡丹抗旨不遵的传说，更是把牡丹提到"风骨甲天下"的高度……是的，大自然就这么偏爱洛阳，赋予"洛阳牡丹天下第一"的美称。果真名不虚传，若不是亲自置身花海，我可真是难以想象牡丹花的"宏大叙事"。我被深深地震撼到了——想不到娇滴滴的一朵朵花，竟然能展现出如此强悍、雄壮的气场。

先说牡丹的品种之多，古往今来，已培育出几百个品种，最著名的是花王"姚黄"和花后"魏紫"，其他还有"酒醉杨妃""状元红""白雪塔""二乔""欧碧"等名贵品种。这些花拥有像诗歌一样美丽的名字，每一种花背后都有一个迷人的故事，比如"姚黄"和"魏紫"，以前我望文生义，以为就是指它们出自民间的姚家和魏家，不承想其背后还有缠绵悱恻的悲惨故事。

再说牡丹的形貌与颜色：一论其花形，朵大瓣密，每一片花瓣都奋力向外伸展着，属于自信的外向型"花才"；相比之下，它的嫡亲表妹芍药花的花瓣也大而绵密，却是向内用力的，即使花朵再大也只是内向型的小家碧玉。二论其品貌，朵朵皆出众，这一个鲜妍，那一个浓丽，第三个香艳，第四个清雅，第五个端庄，第六个大气……令人眼花缭乱，根本就比不出谁美得更胜一筹，只觉得魂儿都被它们摄走了。三论其颜色，那更是采尽了天下所有的色彩，红、黄、紫、白、墨、粉、蓝、绿，各色之间还有过渡色，像是天上的云锦铺在了大地上，又像是五彩斑斓的织锦铺在了大地上，还像是天上的日月星辰铺在了大地上，更像是把世界上所有的正能量和真、善、美全都铺在了大地上。一时间，我竟也成为花痴，情动于衷，手舞足蹈，不自觉地发出一声声惊叹：

"瞧，这朵真大！"

"啊，这朵太漂亮了！"

"哎，这朵更惊艳！"

…………

宋　佚名　《牡丹图》

因着自己的眼光和心思，我最喜欢的还属"二乔"。深粉和浅
粉两种颜色，迸发在同一朵大花上，那么热烈，那么欢乐，那么大
方，那么自信，如果说牡丹艳压天下万花，那么可否说"二乔"艳
压天下牡丹呢？论到花名，我太佩服前人的想象力了，他们居然能
联想到三国孙策和周瑜的夫人大乔、小乔，也算是人文功力深厚的
绝唱了。自惭形秽，才情欠缺，我竟写不出一篇赞颂牡丹的散文，
只好诌了一组诗作，放在此处凑个热闹吧。

《洛阳牡丹十咏》

（1）

洛阳盛名在牡丹，一片锦绣天地间。

若问最美在谁家？游人笑指旧城垣。

（2）

古都遗址旧城垣，今已辟为牡丹园。

十三朝代帝王气，国色天香花花灿。

（3）

姹紫嫣红花花灿，芍药海棠白玉兰。

最是牡丹颜色好，朵朵都是美人脸。

（4）

半开半张美人脸，半推半就开一半。

洛阳牡丹有傲骨，春风不到花不见。

（5）

百花丛中花不见，是被武皇贬民间。

刀劈火烧皆不死，自由自在自烂漫。

（6）

天地人心自烂漫，洛阳处处大花园。

太平盛世花繁盛，街区庭院舞翩跹。

（7）

大街小巷舞翩跹，严酷老天又变脸。

阴风冷雨春迟迟，干旱地震庚寅年。

（8）

多灾之春庚寅年，环保大潮腾巨澜。

泱泱中华风雷动，众志成城共低碳。

（9）

天人合一共低碳，打响地球保卫战。

姚黄魏紫银狮子，斗艳争奇谁夺冠？

（10）

伏牛镇虎谁夺冠？天下之中迎大变。

牡丹也是生产力，洛阳大道直通天！

从洛阳回家以后，我对牡丹的认识已全然不同了，它们不再只有漂亮的面容和美丽的身姿，不再只是大自然的花心和点缀，也不再只是可有可无的闲品与雅赏，而是对美好生活的求证，是对多舛命运的搏击，也是嬉嬉钓叟莲娃们的精神写照。

为此，我愿与牡丹共荣，与我生生不息的中华民族共荣！

二、牡丹在都城北京

北京有北京的城市个性，北京人有北京人的人格个性，"北京牡丹"亦有着北京的牡丹个性。

渐渐地，"谷雨三朝看牡丹"，成为北京人的雅俗。

1. 大哥说牡丹绝非无情之物

到人生四十多岁才第一次看到真牡丹花，这让我有点惭愧。说来，北京的几大公园里，如景山、北海、故宫御花园、颐和园等，里面都种有牡丹。我虽然是生在京城、长在京城的北京"土著"，但没有一次在春夏之交的晴和天气里，跑到公园里去看一看牡丹花盛开！

我的长兄韩方生，极其喜欢，不，应该说是极其热爱北京牡丹。

每年牡丹花盛开之际，他早早地就拎着一台照相机出门了。一身汗水，两脚泥尘，踽踽于京华域野，觅求心中所望，遍赏京城牡丹。无论故宫、景山、北海、天坛、景山、香山，还是玉渊潭、颐和园、圆明园、陶然亭、紫竹院……到处都会留下他的身影和足迹。即使是在20世纪饥肠辘辘的年代里，即使是在埋头苦读的学生时代，即使是在去陕北插队回京探亲的间隙，即使是在已进入古稀人生的当下，他都不曾缺席过。无论是清风徐徐的早晨，还是太阳当头的中午，抑或是月光如洗的晚上，哪怕是风萧萧、雨淋淋的长阴天里，只要闻听哪个公园的牡丹花开了，大哥总要抓个时间去看一看。

"看牡丹"，在这里仅只是一个口语化的表达、一个很生活化的平常说法，其实严谨一点说，应该说是去"赏牡丹"，这样才更恰当一些。但即便这么说，也还是不能表达出大哥的内心感情，如果用更加文学化的语言描绘，他是怀着一颗虔敬的心，去"谒拜牡丹"，去"朝觐牡丹"。他用自己的照相机，留下牡丹花容，拍下牡丹精神，留给未来，留给世界，留存永远。在大哥的镜头里，牡丹永远不会零落、不会凋谢，永远华贵，永远光隆，永远神圣。

大哥只是一个普通北京人、摄影爱好者。多年来，他拍摄了许许多多有关北京方方面面的摄影作品，自己写作了不少关于北京的摄影故事，而我最喜欢、最欣赏的，还是他镜头下的牡丹。

因为他拍摄的北京牡丹，每一朵都格外端丽，都充盈着生命力，都充满着青春活力，都是有灵性、有思想、情感丰沛的牡丹花。

我曾经问过大哥："牡丹真的有思想和灵魂吗？那其实都是人

为的，是人们把自己的情感赋予了牡丹吧。俗话说'人非草木，孰能无情'，牡丹就是草木之属，怎么会有情呢？"

大哥说："也许一般草木是无情的，但牡丹却绝非无情之物。牡丹不畏权势，只有它，不为武则天在冬天开花。倔强不屈、自主、坚韧，这些就是牡丹的性格、牡丹的品质和牡丹的精神。所以，牡丹是有灵魂的。"

我摇头："然而，武则天让牡丹冬天开花，说到底只是一个传说。而且这个传说，也太遥远了，遥在大唐的长安，远在缥缈的历史深处。"

大哥不同意我的说法。他说，传说越久远，魅力越无穷。这也要视人们赋予牡丹的文化含量大小而论。文化含量愈大，其生命力愈强大，魅力也越大。他挚爱北京牡丹的主要原因也在于此。

2. 大哥说，北京牡丹多了好些沧桑世事

是的，北京牡丹也有很多故事，也感天动地，让人敬畏，让人仰止。得闲的时候，我专门查了一下资料，又请教了几位北京民俗学家，不问不知道，一问吓一跳，原来，北京牡丹故事之多，恐怕需要有一本厚厚的专门著作予以讲述呢！

我在这里只讲述其中的两大传说吧——且不管是相传，还是杜撰，抑或是穿凿附会，其中所显现的牡丹风骨，却有着非凡的社会学意义。

第一个传说：1644年春天，北京牡丹没有开花。那个春天，正是被人们称为"煤山之恨"的春天，是大明朝国祚之哀的春天。崇祯皇帝吊死在煤山（今景山），无疑是中国历史上的一个悲剧。崇祯并不是一个昏庸无道的皇帝，相反，他是一个恪尽帝职、一心想中兴大明的统治者，可是他受愚昧、贪婪、自私、庸懦的群臣牵制，终至国破身亡。那是中国历史上一场最不堪的群氓误国的大悲剧。因为崇祯之死，北京牡丹哀恸而不愿绽放。

第二个传说：1898年9月28日，以慈禧为首的清廷顽固派，在北京菜市口残忍杀害了"戊戌六君子"，天黑云暗，地恸河哭。翌年春天，北京牡丹开花了，花色殷红如血，一朵朵牡丹始终昂着头，露珠滴答，泪水涟涟，春雨霏霏。仰面朝天的牡丹泪流满面，流不尽它们满腔的哀与伤、悲与愤、冤和恨。

这就是北京牡丹！

很少有人知道北京牡丹如此神奇！很少有人知道北京牡丹有如此肝胆！

但大哥却知道。正是北京牡丹丰富了大哥的心灵，激扬了大哥的文字。由此，大哥更挚爱北京，也更挚爱北京牡丹。在他心中，只有北京牡丹才是真正的花中之王，才真正称得上"国色天香"。

大哥曾是北京四中的学生。该校在1966年以前，是北京排名第一的男校，至今也是名冠京城的中学。许多优秀的男孩女孩，都梦想走进北京四中的大门。只要踏入北京四中，明天走进清华、北大，便不再是遥不可及的梦想。

可惜当年，从四中到清华、北大，对大哥来说本来仅有一步之遥，却被"文革"无情地击碎了。即使后来恢复了高考，由于命运的捉弄，大哥的大学梦也没能如牡丹般绽放。

退休以后，大哥回到了家乡北京。凭着青少年时在北京四中的教育积累，他端起了相机，以深深的情义与热爱，执着于追寻理想的光芒，调和着生命的色彩，开始用镜头捕捉北京，记录着北京一天天的发展变化，珍存下他对家乡北京的眷恋、关怀与期冀。

留住北京牡丹的香和色，弘扬北京牡丹的精神品质，展现高贵典雅、博大精深、厚德载物、海纳百川的北京精神，就是他的动力吧。

为此，他不避风雨，不问朝夕，或站在瓢泼的大雨中，或蹲在横淌的泥水里，或卧在燠热的花丛中，或跪伏在寒星映水的夜色中，或俯伏在花枝下，或斜身在沟壑边，等待牡丹花绽放得最灿烂的时刻，捕捉它们最富有生命力的瞬间……

我说："太辛苦了吧，好歹你也是年逾古稀的人了！"

他笑笑，告诉我："抓到一个难得的瞬间，就是在镜头中与牡丹对视，与牡丹对语，与牡丹交心，与牡丹同风雨、共休戚……"

大哥说，天下神州，牡丹遍地，都是花中之王，好像没有什么不同，但北京牡丹与洛阳、菏泽、西安牡丹的确有所不同。究其原因，在于北京牡丹多了好些沧桑世事，多了几许家国情怀，多了几分民族担当。

聆听大哥的肺腑之言，阅读大哥描述北京牡丹的那些文字，感

元　王渊　《牡丹图》局部

受北京牡丹的国色天香，领会大哥的精神，我非常感动，渐渐理解了大哥的那颗心。大哥用他的镜头，把北京牡丹从遥远的历史深处拉回来，从黝黑的泥土中擢拔出来，从纷杂的现实中升华起来，给我的视野拓展了一个大美的世界，给我的文字添加了蓬勃生机。

3. 牡丹在北京城里扎下了根

好多年，我都不用再操心去公园看牡丹了，因为我可以足不出户，只用等待大哥的北京牡丹摄影，等待大哥描述北京牡丹的优美文字，然后徜徉在大哥捕捉的光影和他笔下流淌出的文字里，让自己心头荡漾着柔和的春风，把自己的灵魂沐浴在和煦的春光里。这样的时刻，我就好像看见自己婷婷然立在北京牡丹群芳中，像一只飞倦了的小蜜蜂，沉醉在香气沁脾的牡丹花蕊中，让疲累的心小憩，让烦乱的心稍息。是的，不需占用太多时间，只要短短几分钟，我便可触摸着一幅又一幅光影璀璨的牡丹图片，轻抚着一个又一个生动活泼的文字，踏着那些斜斜的石阶小路，跨过一条条溪流细波，以极其愉悦的心情，从21世纪的家中，穿越到5世纪的春天……

5世纪，正值中国魏晋南北朝时期。和着五胡十六国战马大方队的嘶鸣，牡丹落根北京。大约从459年起，在北京燕山脚下的这片土地上，北京牡丹便有了自己高贵的身份。

说起来，牡丹早先还生长在山涧沟壑里的时候，它们潇洒、淡泊，没有因为出身寒微而意志消沉，加上它们天生倔强的性格，永远都不会自我沉沦。它们在时间的年轮里，顽强经受着阳光的炙烤，欣然接受着月光的浸润，淡然承受着雨露的洗涤，坚韧忍受着狂风的吹打……即使是在最艰难的时刻，也极力保持着自己端丽的花容和杰出的精神。那是牡丹的自信，它们相信凭借自己的天生丽质和卓然不群的精神，不出山便罢，一旦走出大山，花中之王的桂冠就非它们莫属，国色天香的美誉也非它们莫属。所以，尽管孤绝，它们却绝不孤芳自赏，它们要富贵天下，富贵帝乡，富贵庶里。

牡丹有牡丹的自信，所以不单靠籽实延续生命，它们还依靠自己的根须，只要有根在，便可传承自己的生命和灵魂。我们人类也是如此，故在我们的文学词典里，有一个重要的词——"寻根"。

在漫漫千年的"迁徙"中，不管是被武则天移植到上林苑，还是辗转扎根于北京城，牡丹都不与世相争。尽管"花王"的桂冠早就戴在头上，它们却与百花一样植根于泥土，共享春风，同饮春雨。即使武则天把它们贬到洛阳，它们也依然是众花之王，依然与百花共天地，接受阳光雨露滋润，点亮了整个洛阳城。

名满天下的王者花，自然不甘久居洛阳一地。不久，牡丹下决心离开了中原温煦的怀抱，到北京安了家。那时北京还远未建都，更无金碧辉煌的紫禁城，但牡丹不是贪恋富贵的娇花，它们不畏风寒，顽强地扎下根，生存了下来，并在燕京大地上生长繁殖起来。至元、明、清，北京牡丹栽培日渐兴盛，皇宫、花园、寺庙……都有了牡丹高贵的身影。每年农历三月下旬，待白杨树张开满树青碧叶子的时候，京城里的牡丹花也竞相绽放了，一朵朵笑靥在红墙黄瓦、绿柳蓝天的掩映之下，格外丰硕灿烂、摇曳生华，为京都的花色又添上了浓丽的一笔。

于是，年年春天，北京人已经形成了如下的赏花习惯：从2月最早绽放的迎春花开始，接着是玉兰花、山桃花、杏花、梨花、榆叶梅、海棠花、丁香花、木槿花……然后，就是国色天香的牡丹花了。以前北京的牡丹还比较少，要看的话，得专门远足到公园和寺庙，那可是全家老少出动的一个重大活动。现在可不用了，差不多各个小区，甚至胡同里，都有牡丹，品种丰富，万紫千红，花开富贵。去年，我在居住的机关宿舍小区里骑车，经过一个楼角拐弯处，一回头，突然发现了一片紫色的花丛，好像是牡丹？我下意识一捏闸，差点从自行车上摔下来。我赶紧凑过去端详，可不就是牡丹嘛，一大朵一大朵地正在盛开，最大的那朵都有汤盆那么大了，层层叠叠的，数不清有多少花瓣。一共有五株，每株上面都有三十多朵花，铺排成一片小花圃，虽寂寂无声响，但喧哗得似乎正在演一台大戏。我懊悔于自己的迟钝，在此居住了十年竟然浑然不觉。今年，我又在小区内的另一处园地里，惊喜地发现了一片新栽下的牡丹幼苗，被人非常宝贝地用竹竿圈着，株株小苗正由嫩紫色转为新绿，茁壮成长，这是憋着劲"蓄芳待来年"呢。

看来，牡丹就是大气磅礴的国色，随着京城走呢。牡丹已成为都城和国家富贵吉祥、繁荣兴旺的象征，亦承载起了北京人厚重的文化传统、精神品格和情感寄托。

4. 北京有三处著名的牡丹园

"若问牡丹谁最盛？众指景山万春亭。"北京人所说的"景山"，指的是北京城最中心区域的景山公园，曾是元、明、清三代的皇宫后苑，历史上有过多次更名——青山、万岁山、镇山、景山，还被民间称过煤山。"万春亭"是景山公园五座亭子中最高的亭阁，位于最中央，建于乾隆十五年（1750年），亭内供奉着毗卢遮那佛（大日如来佛），即释迦牟尼佛的法身。原供奉的佛像高6米，为铜质精雕，法相庄严，因八国联军入侵而损毁。现佛像重塑于1998年，金光闪闪，端正严肃，2000年对外开放。

那一年，我正处于一场大病之后的恢复期，稍有了一些力气后，坚持天天去景山公园锻炼。起初只能绕着景山走上半圈、一圈、两圈，后来就能从东边登山了，依次登上周赏亭、观妙亭、万春亭、辑芳亭和富览亭五座亭子，然后走回来。这时，我都会经过万春亭脚下的牡丹园，只可惜已是盛夏，牡丹的花期已过去了。

景山公园栽培牡丹的历史悠久，可以追溯到元代。元代建都时，景山成为皇家花园，专门开辟出牡丹园，种植了各地进贡的牡丹名品，这其中当然少不了久负盛名的洛阳牡丹、曹州（菏泽）牡丹，还有珍贵的甘肃临夏牡丹、江浙牡丹，甚至还有日本牡丹。景山牡丹一直以树龄长、株形高大、花朵丰富、颜色艳丽、气质动人而名冠京城。到目前为止，这里汇集了国内外各类牡丹近600种，植种牡丹2万余株，涵盖了牡丹的九大色系、十大花型。最常见的牡丹花型，主要有单瓣型、荷花型、菊花型、蔷薇型、托桂型、皇冠型、金环型、绣球型、千层台阁型、楼子台阁型等。牡丹花中的名品姚黄、魏紫、赵粉，在景山公园里都可以见到。顺便说一句，景山公园里有一株绿牡丹，因为只有这一株，所以格外珍贵，也格外让人爱惜。于是人们就给它起了一个非常独特的名字，叫"绿幕隐玉"。这是一个很有书卷气的好名字，不仅典雅，而且隐藏着智慧——不露锋芒，甘居幕后，隐隐君子。在大哥的相册里，我看到了这株"绿幕隐玉"。大哥说绿牡丹开花晚，去了好几次，好不容易才拍到的。至于除了景山公园，北京哪里还有绿牡丹，恐怕未必能再找到了。

除了景山公园，北京还有两个观赏牡丹的好去处，一是戒台寺，二是故宫内的慈宁宫。

戒台寺种植牡丹始于清代，据记载，乾隆皇帝很喜欢戒台寺，不止一次到那里礼佛。乾隆二十九年（1764年），乾隆再度去时，带去了名贵牡丹品种，赐给该寺方丈，方丈把牡丹种植在戒台寺北宫院。那些牡丹很快就成活开花了，花朵硕大，色彩明艳，有红、粉、黄、白、紫、双色等多种，盛开时好似天上云锦，美不胜收，戒台寺因此更声名大振。后来到了清末，光绪十年（1884年），恭亲王奕䜣被慈禧太后免职，躲到戒台寺避难，住在北宫院。他对该院进行了大规模整修，又从恭王府引进了一批名贵的牡丹品种，其中还有一株极其珍贵的黑牡丹。后来，奕䜣走了，牡丹却越长越繁盛，每到四五月间，满园牡丹竞放，光华灿烂，沁人心脾，北宫院便渐渐被称为"牡丹院"了。

慈宁宫是北京故宫四座花园中的一座，相比于名气最大、对普通游客开放最早的御花园，以及不大为大众所知的宁寿宫花园和建福宫花园，慈宁宫的开放时间虽然不长，但该宫的名气不算小，能排在御花园之后，这大概要归功于影视剧的热播。慈宁宫建于明代，在明清两朝，是太皇太后、皇太后及太妃、太嫔们的居住和活动场所。清代最有影响力的一位女性孝庄皇太后，曾在慈宁宫居住至逝世。慈宁宫花园里，有临溪亭、咸若馆等十一座美丽的中式建筑，处处绿树葳蕤，枝叶扶苏，还有大小花坛，种植着各种奇花异草，当然很大一部分就是艳压群芳的牡丹。年年牡丹开得最艳的时候，亦是慈宁宫最美的时节。

大哥说，必须感谢故宫博物院前任院长单霁翔，单院长大力促进扩大故宫的开放地域，克服了种种困难和阻力，大面积整修故宫，终于使得包括慈宁宫、慈宁宫花园、寿康宫在内的西部区域，在2015年对广大游客开放；翌年，午门雁翅楼、端门城楼、东华门城墙和宝蕴楼等，也都本着"修缮过程中最小干预，一切都采用古法，修旧如旧"的原则，修缮一新后，对全社会开放了。故宫以其开放包容、充满活力的姿态，向世界展示了中华文化的魅力。

5. 老北京人爱上牡丹

不喜欢人云亦云，不愿意追逐名利，乃我之做人习性。在所有的北京牡丹中，我最喜爱的品种是"二乔"。二乔本是三国时期东吴的两位美女,大乔嫁给了孙策,小乔嫁给了周瑜。唐代诗人杜牧在七言绝句《赤壁》中写的"东风不与周郎便,铜雀春深锁二乔",说的就是这姐妹俩。姐妹二人以不同颜色,展在同一朵牡丹花上,娇媚无比,亲密无间,这比喻真让人羡慕、嫉妒、不恨。

"洛阳红",顾名思义,自然是来自洛阳,而且这似乎是唯一以"洛阳"命名的牡丹,实属高贵。它虽早已落户京城,却一直不改自己的本色,不忘故土,忆念乡愁,品格可贵,很让人服膺。

还有一种名为"黑花魁"的牡丹名品,花呈墨紫色,别称"黑牡丹",还被人称作张飞喝断桥或青龙卧墨池。我平生不大喜欢黑色,也不喜欢"青龙卧墨池"这个名字,总觉得有点煞气味道,但我喜欢张飞,如果投票的话,我一定投"张飞喝断桥"一票,多么有英雄气概!

北京人观赏牡丹虽晚于西安和洛阳的前辈,但也已经有了上千年的时间和经验。据相关文字记载,辽代时期,皇帝即"以牡丹遍赐近臣,欢宴累日"。金代建都北京后,《宸垣识略》记载:彼时的皇家牡丹园圃,设在京都城南的丰台一带。每年暮春牡丹花盛开时日,在皇帝、后妃的带领下,文武百官都要出席观赏牡丹的盛大仪式。皇帝还要宣召一众文人到场,命他们当场吟赋牡丹诗。可惜金代文人的才华不够,少有名句流传下来,只有"胜游应再读,计日牡丹开"之类。元世祖忽必烈定都北京后,几代帝王都把景山作为皇帝、后妃春季登高、观景、踏春、赏花的"后苑",命人在那里大量栽植牡丹。而景山似乎特别适合牡丹的生长，栽下的百余株牡丹，皆高达五尺，花开缤纷。传说忽必烈也曾多次召集文人，在此举办"牡丹诗会"，"凡为佳作者，以御酒赏之"。于是，金元两代时，牡丹花在京都就越开越盛了。

明成祖朱棣迁都北京后，曾在皇宫内种植牡丹。《明宫史》载，钦安殿之东曰永寿殿，曰观花殿，植牡丹、芍药甚多。今天北京大学的畅春园，谢冕等许多名师都曾在那里住过，我也去过那里采访、约稿，却不知它原来是明神宗万历皇帝的外祖父李伟修建的，初名叫"清华园"，也称"李园"，曾被誉为"京师第一名园"。《帝京景物略·海淀》记载，在那园子里，也曾种植了大片大片的牡丹：武清侯李皇亲园，"方十里，正中，挹海堂。堂北亭，置'清雅'二字，明肃太后手书也。亭一望牡丹，石间之，芍药间之……"。《泽农吟稿》记载，此园牡丹以千计，芍药以万计，家国第一名园也。该书中还载有"海淀"的来源：武清侯李伟引西山之水，蓄十里之泽，曰海淀。原来老北京人如此熟悉的"海淀"，原来在北京海淀中关村创业的千百万人每天所置身的、亲切得如同自家的"海淀"，竟然是这么来的。

清朝定都北京之后，继续在京华遍植牡丹。史书记载，圆明园牡丹始于康熙，乾隆初有牡丹数百株。顺治年间，长椿寺牡丹高六七尺，大十五围，时已百余年。畅春园中"牡丹多异种，以绿蝴蝶为最"。这"绿蝴蝶"是什么？至今没听人提起过，似乎都已不知道了，我猜想会不会就是已经失传了的牡丹名品"欧碧"呢？清代还有一个牡丹胜地，即"草桥"的马氏园。园中的牡丹、芍药栽如蒿麻。什么意思呢？是说它们如蒿麻那么多，还是说长得像蒿麻那么高大、那么蓬勃？"草桥"这个地方，几年前还是比较偏僻的北京南郊地片，现今是连接着京城与大兴新机场的地铁换乘站，故名声大噪，成为人人皆知的地名了。但不为人所知的是这里过去还曾有一个马氏园。

历代北京多寺院，各寺院也多有种植牡丹的雅好。比如明代蒋一葵的《长安客话》中记载，"卧佛寺多牡丹，盖中官所植，取以上供者"；汪其俊有诗赞曰"恍疑天女散，绝胜洛阳栽"。西直门外曾有一座始建于元代或明代的著名寺院极乐寺，其东跨院是花园，因广植牡丹而被称为"牡丹园"；又建成"国花堂"，每年四月极乐寺内牡丹盛开时，达官贵人、文人雅士及普通百姓，纷纷前往观花，摩肩接踵，流连忘返。就连康熙皇帝也曾三次到该寺观赏牡丹，可见极乐寺牡丹的盛名。可惜的是，到了清末，极乐寺已荒芜不堪，牡丹也都凋零了。北京南城还曾有一座崇效寺，有"宣南第一名寺"之称，始建于唐贞观元年（627年），曾以花木繁盛著称。至明清时期，寺中牡丹艳冠京华，声名远播，老北京人和周边地区的百姓年年都去观赏，兴尽而归。崇效寺的牡丹品种多，花色好，不仅有牡丹花王"姚黄"、花后"魏紫"，也有黑牡丹和绿牡丹，这些都是极珍贵的名品。清末的时候，据说全中国的黑牡丹只剩下两株，一株在杭州法相寺，另一株就在北京崇效寺，这使得该寺的地位和名气大升。大官小吏、文人雅士，纷纷到此领略牡丹之美，

元　王渊　《牡丹图》

并吟诗作赋，一比高下，如王士祯、林则徐、康有为、梁启超……后来，慈禧太后也派人到该寺采撷牡丹的花蕾，回宫后浸在花瓶中，着意等待开花。传说慈禧留下的两幅牡丹图《七色牡丹》和《平安富贵》，就是对那盛开的牡丹花的临摹。还有一件事可能会让今人难以想象，1935年，天津北宁铁路局居然开了"观花专车"，专门接运京外客人来崇效寺观赏牡丹。一时，崇效寺牡丹大盛，人人争说，人们皆以看过崇效寺牡丹为荣。用今天的话来总结，崇效寺牡丹实实在在为北京牡丹争了光。

在1927年至1937年间，中山公园的牡丹很著名，有"冠绝京华"之誉。园内建有"国花台"27座，种植了千余株牡丹，包括30多个品种，一时风头无两，中山公园成为京城牡丹园林的翘楚。然而到了1948年，中山公园的牡丹只剩下半死不活的7株，"国花台"也已经不见了。新中国成立以后，有关部门从菏泽引进名品牡丹，重新加以培植后，才又恢复了"三月京城观牡丹"的盛景。

6. 花生也如人生，断了流，却又滚滚而来

至今，七十多年又过去了，其间有晴天朗日、艳阳高照，也有风霜雨雪、电闪雷鸣。京华牡丹也和古老的北京城一样，一世繁荣，一世沧桑，经历了几度花开花落，又有了今天的繁盛开放。不容易啊！我想起英国古典诗人波普所言，"人生就像曲曲折折的山涧流水，断了流，却又滚滚而来"。人生如此，花生亦如此，历尽生死的北京牡丹，甚至比很多人还要顽强坚韧！

　　于是，我下了一个决心：以后每年春天，一定要走出书斋，和大哥一起背起相机，到公园，到大自然深处，去探望牡丹，去亲近牡丹，与它们合影留念。哪怕只静静地站在牡丹身边，欣赏它们的花姿，倾听它们的心声，感受它们的美好，不也是一种美的享受吗？

三、牡丹在山西民间

　　说过了宫苑，再来说说牡丹在民间的情形吧。在外省市，在乡下，在劳动人民中间，牡丹也是人人都喜爱和欣赏的花，所以它们不单是"王者之花"，更是"民间之花"。

1. "民间牡丹"的真谛

　　先让我们读一首五律《题庭院牡丹》：

　　　　固属庙堂客，从来富贵栽。
　　　　姗姗下廊庑，落落共黄槐。
　　　　雪白仙翁发，桃红少女腮。
　　　　偕偕龙凤秀，殷殷荡尘埃。

　　这首诗是山西作家卓然兄写的，题中所谓的"庭院牡丹"，就是我们所说的"民间牡丹"。

　　卓然兄自小在农村长大，非常熟悉民间牡丹。在他的家乡晋东南，有着许多关于民间牡丹的故事，有些故事极为传奇，令人感慨良多。一方面，卓然兄肯定牡丹对富贵的追求；另一方面，也肯定牡丹不惜置身陋巷，甘于亲近黎民百姓的普众情怀。他最欣赏牡丹这一层——不仅是富贵之花，更是平民之花。

坦白地说，我有点儿想不到，终日在大田里辛苦劳作的农民，也会拿看似华而不实的牡丹当宝贝吗？我这么想，绝对没有轻视农民的意思，是因为我没在农村生活过，特别是没去过山西农村，所以一点儿也不了解晋东南那边农民的感情生活。

卓然兄叹了一口气，跟我说起他母亲的事，让我惊叹不已，而又刻骨难忘：

母亲家贫穷，孩子、大人常年吃不饱，屋里无一件能入眼的家什，连椅子都只有三条腿。然而，家里却有一个续满清水的瓦罐，母亲每天从地里劳作回来，无论多累，都要采一把野花，郑重地插进去，于是家里面的氛围就全然不一样了，各色花朵把穷陋的屋子映照得有了欢乐和生机。而且，每年初夏时节，母亲还必定会寻来几朵牡丹花。那是她跑很远的路，去一座已塌弃的大宅院里采来的。当艳丽的牡丹开放在屋子里，整个贫破的家便有了一种升华。母亲会舒心地一笑，对孩子们说："不怕家贫，就怕没了心思。"这，就是牡丹在中国老百姓心中的地位。它象征着富贵和光明，富贵花开，光彩熠熠。有了它，黯然的生活中就有了光明。这份精神的不倒与追求，是多么的珍贵，其中又蕴含着多么令人震撼的强大的民族精神啊！

我的鼻子酸了。

是的，自古以来，牡丹不但被种植在寺庙、皇家宫苑、富人的花园里，更多的还是生长在街巷、废垒、荒院、陋屋中……牡丹不仅是达官贵人、文人骚客喜欢的上品，也是村老、浣女、牧童喜欢的大花。宦族士绅追求的是牡丹的荣华富贵之态，期冀的是财富的充足；平民百姓喜欢的则是牡丹的吉祥平安之义，希望自己粗茶淡饭的平常日子，永远能过得平平静静。

当然，这些期冀也好，喜欢也罢，都是我们人类的一厢情愿。说到底，不管身在何处，宫室也好，陋巷也好，庙堂之高或江湖之远，牡丹就是牡丹，牡丹永远属于牡丹自己。它们绝不因为异地种植而改变自己的属性，既不会降低自己对富贵华丽的追求，也不会改变自己尚美向善的心灵。这花，是有灵性、有灵魂的。

不过，我还是想任性一下，替牡丹们思考思考：

按照我们平民百姓的揣度，牡丹是不喜欢深宫的，因为它们生长在高高的宫墙下，就是身在高权的威慑下，被压抑，被逼迫，即使有那么一点富贵气质和高贵品性，也会被那森森的皇墙压迫得胆小卑微、形容憔悴。

按照我们平民百姓的想法，牡丹也应该是不喜欢达官贵人的府邸的，因为官僚们无非是拿牡丹装点他们的灯红酒绿，用赏玩的心态玩味牡丹。这种欣赏和玩味，其实是对牡丹的亵渎和侮辱。

按照我们平民百姓的心思，只有远离宫室廊庙，牡丹才能获得自在和自由，才能率性地绽放自己，才能更真实，更妩媚，更可爱，才会获得真正的大风流。

这就是"民间牡丹"的真谛吧？

2. 藿谷洞的"东对门"和"西对门"

卓然兄还满怀着深深的眷恋告诉我：在他老家所有的农家小院里，不论是粗犷的庄稼汉，还是灵秀的小媳妇、俊俏的大姑娘，都像爱护宝贝女儿一样，爱护着牡丹，甚至会像爱护生命和品行一样爱护牡丹。

他出生的村子名叫大箕，村子里有个藿谷洞。"藿"是"藜藿"的"藿"，就是人们平常说的豆叶子。如果你愿意，你也可以称它"豆叶菜谷洞"。因为在艰苦的岁月里，藿谷洞的人多半是吃豆叶菜过日子的。庆幸的是，不管你叫它什么，都绝难改变它的风姿，毕竟它有着自己古老的历史，有着优良的传统和美好的习尚。

藿谷洞有两个对着的小院，人们习惯把对着的门户叫"对门"。东院叫西院"对门"，西院也叫东院"对门"。藿谷洞外边的人们为了有个区别，就把这两个院子分别叫"东对门"和"西对门"。

有趣的是，两个对门的人不喜欢比财富，也没有多少财富可比；他们也不比官大官小，他们两家都没有做官的人。两个对门的人，最喜欢比的是手艺。他们常常说"艺不压身"，并进一步解释：心高不如艺高，心高人浮躁，容易跌跟头；艺高人胆大，走遍天下都不怕。他们还说，存个做官的心不是不可以，但不能没有手艺。官做着做着就会丢了，手艺却可以永远带在自己身上，丢不了，灭不了，少不了，是养家糊口的最好武器。

西对门的主人叫王允恭，儿子王庆瑞，孙子王继贤、王继德，祖孙三代皆是木匠，常常做一些箱柜、屏风、方桌、斗椅等。东对门的主人叫成七，两个儿子，三个孙子，祖孙三代都烧"红炉"，也就是打铁。半夜三更，火焰熊熊，锻造些铁锹、镢头、镰刀、钉子等。东西对门，两家三代相处得和谐，木匠需要铁匠，铁匠也离不了木匠。而且，一家木匠，一家铁匠，虽各有各的营生，但谁都没有荒废土地，各家都种着十几亩庄稼、菜蔬，一边务工，一边务农，工农两营生，真是好日月、好光景。

两家人都喜欢干净，家里拾掇得窗明几净。两家人都喜欢养个鸡，喂个猫，拴个狗，但从没有因为鸡呀、猫呀、狗呀发生过不愉快。逢年过节的时候，两家人把年节里好吃的东西，你送我一碗，我送你一盘，你送我平安吉祥，我送你喜气洋洋，把一个又一个的节庆过得像流水一样顺顺溜溜。

为什么两家三代人相处得如此和谐？村里人都说，就是因为两家人的心性和爱好都相同——西对门家喜欢种牡丹，东对门家也喜

元　佚名　《牡丹图》

欢种牡丹，两家人年年岁岁，都要在自己简陋的小院里莳弄牡丹。

在自己的小院里、窗台下、影壁前，砌上一个个小花池，有四四方方的，有六角形的，有圆形的，也有八角形的、长方形的、菱形的；抑或在台阶下、廊脚边，砌出一道道长长的花边，圈出一个个长方形的小小花地。这些花池、花地全部用青砖垒砌，然后用洁白的石灰勾上整齐的砖缝。青砖白缝，像一块块印花布，围起来煞是好看，这便是牡丹的居所了。牡丹的居所必须干净和整洁。他们去田里挑回一筐又一筐疏松的熟土，拌一点马粪或牛粪，千万不能拌鸡粪，鸡粪容易生虫子，虫子会咬断牡丹的根。再浇上一担担刚刚从井里打上来的清凌凌的水，把那些熟土弄得湿润、肥沃，然后填满花池。两家都一样，谁都不给牡丹浇污水，牡丹是要喝清水的。

牡丹也需要肥料，但长了叶子、有了花苞的牡丹，是不允许施任何粪便的。那怎么办呢？西对门的办法是给牡丹花池中撒一些豆瓣儿。东对门也有自己的办法，就是把旧油瓶子冲冲洗洗，再用清水稀释稀释，然后把稀释好的废油水一点一点地浇到花池中。东西两家的牡丹吃了"豆瓣儿"，喝了"油水"，便都长得格外壮实。西家的两棵牡丹，一棵长到2尺8寸，另一棵长到3尺1寸；东家的牡丹也不甘示弱，一棵长到2尺9寸，另一棵长到3尺。有意思的是，西家的两棵牡丹合起来高5尺9寸，东家的两棵牡丹合起来，高度恰好也是5尺9寸。更让人觉得不可思议的是，西家的两棵牡丹开花最多的那一年，一共开了836朵花；东家的两棵开花最多的那一年，只开了833朵。东对门大度地笑笑说："不就少了3朵花吗？搁邻家，让三朵又何妨。"

3. 牡丹使整个村庄的心情不一样了

牡丹开花的时候，正是春夏之交，天气和暖，小蜜蜂、大蝴蝶，一会飞往西对门，一会飞往东对门，来来往往，热闹非凡。全村的人几乎都来看花。看花人多了，心思也就多了，有人就想移一株牡丹，栽在自家的小院子里，也把自己的小院打扮得好看。于是，他们就去东对门央求老铁匠，想要移一株牡丹。别看老铁匠平时对邻居们很大度，但在牡丹问题上，因为爱惜得紧，就变得有些小气了，虽然没有跟讨要者瞪眼，却很不客气地说道："你种得了花吗？别糟蹋了牡丹花！"

但西对门的老木匠就不一样了，往往会很和蔼地问上一句："你会种吗？"移花人答说不会种，并请求老木匠教他。老木匠就会笑呵呵地连声说："行啊，行啊……"说着，就先让移花人在移花人家的小院子里给牡丹砌一个花池。有条件的，老木匠就让移花人照着自家的花池砌一个；如果条件有限，就让移花人在屋外放一个豁豁牙牙的半截缸，或者放置半个瓷盆也凑合。但是，土必须是从大田里挑回的熟土。没有养马养牛的，自然没有马粪牛粪，那就去路上捡一点……环境不好没关系，只要有一颗爱花的心就好。

花池、花盆弄好了，老木匠会等到秋后或者春前，深深地弯下腰，就像鞠躬一样，从自己的牡丹花丛下边，小心翼翼又小心翼翼地挖出一段牡丹根。但老木匠并不立刻把那牡丹根递到人家手里，而是小心地捧着那一段显得有点孤孤单单的牡丹根，像送女儿出嫁一样，送到人家的小院子里，亲手栽到人家的花池里。仔仔细细培好土，精精心心地浇上水，左端详，右端详，最后还要说上一句："好好看护着！你要是把牡丹种死了，看我不拆了你家的老窝！"

好凶啊！为了一株牡丹，就要拆人家的房子！吓得人家一吐舌头，直往后退。没想到平时和和气气的老木匠，说这句话的时候，却是寒气逼人。

前街后街好几家，都这么移植了老木匠家的牡丹。消息一阵风似地传开了，西对门的牡丹就更火了。村里人都去西对门看牡丹，这一回，可把东对门的老铁匠急坏了。懊恼、后悔，老铁匠赶紧找到先前来索要牡丹的人家，又是帮人家弄花池，又是给人家送花枝，还专门打了一些莳花的小铲铲小耙耙，送给人家。

卓然兄说："这样，我们大箕村里种牡丹的人慢慢地就越来越多了，村里的人的心情也变得不一样了。特别是春深四月，家家户户的小院里，都绽放着花朵烂漫的牡丹，满院子光华灿灿，满村庄光华灿灿，村民的心情不一样了，他们的人生境界也不一样了：每当看到自家小院里，牡丹正以充满激情的生命姿态，摇曳在春风里，安然在月光下，绽开在晨曦中，村民就有了奋发向上的心气儿，干活都来了劲头。可以说，牡丹成为我们大箕村人高境界的开拓者。我们认定，无论是含苞的时刻，还是花开的日夜，牡丹无不是在为勤劳的村民鼓劲和祝福。"

我笑了起来，觉得他说得有点太诗情画意了。卓然兄见状，干脆专门写了一篇散文，其中有一段这样写道：

清晨，勤劳的人们从屋里走出来，第一眼就看到牡丹昂着头，好像在说："你早！只有勤劳可以致富！"人们便会一整天都觉得神清气爽、精神振作。晚上收工回来，只要看见院子里盛开的牡丹，就去跟前闻闻它们的馨香，劳作了一天的疲累便会烟消云散。牡丹没有一天不为他们祝福，祝福他们事事圆满、时时如意。

老木匠像得了鲁班的真传，手下的木工活儿，做得越发精致了；老铁匠的小铁锤抡得火星飞崩，坚硬冰冷的一块块生铁，在轰轰的红火焰中，成为一朵朵柔软的红云。老木匠和老铁匠的身上，都迸发出传统的工匠精神……

村民都感谢老木匠，也感谢老铁匠。不过，起初因为东对门老铁匠拒绝给别人移栽牡丹，西对门老木匠就很生他的气，觉得老铁匠不够意思，人有点吝啬，于是老木匠见了老铁匠的面也爱答不理的，总是板着个冷脸。老铁匠知道自己错了。

后来，等老铁匠家的牡丹也在前街后街火起来了，老木匠的气一下子就消了，再见到老铁匠，老木匠主动先把烟袋递过去，再问一问红炉的生意如何。

有人不理解老木匠，对老木匠说："你为什么要扶持东对门呢？你知道你是在扶持对手吗？老木匠你是不是有一点傻啊。就不怕东对门火了，压了你西对门吗？"老木匠嘿嘿一笑，说："这你就不明白了，东对门歇了，你以为我就高了吗？你要知道，没有了对手，你也就没了。"

老木匠这话说得太对了。到底是谁傻啊？

不管是东对门还是西对门，是老铁匠还是老木匠，都想让自家的牡丹开得更艳丽，更漂亮。可是，"一花难有百日开，万朵千朵才是春"，这个道理，老木匠懂，老铁匠也懂。这也是人生的常识，每个人都知道。

4."铁牡丹"和"牡丹王"

然而，四月春去芳菲尽，绿叶葳蕤夏到来。没有花了，也就没有看花人了，西对门也好，东对门也罢，就会感到寂寞，好像小院里那热火的日子，不再是个日子了。

故此，年年花期将要走了的时候，为了能让牡丹花多在院中盘桓些日子，老木匠、老铁匠和他们的老伴、儿女、孙子、孙女，都尽一切可能留住美丽的春天，想一切办法留住牡丹花那俏丽的花姿。白天怕牡丹被太阳晒着，便竖起几根杆子，上头搭起凉席，把毒日头挡住；夜里怕霜寒露重，便用床单罩住牡丹。老木匠想让自己的牡丹花期更长一些，老铁匠也想让自己的牡丹花期更长一些，村子里的人们也都想让牡丹花期长一些。

然而，"流水落花春去也"，谁能留得住时光呢？老木匠和老铁匠，还有村子里种花养花和看花的人们，似乎全都是白费心机。时间一到，牡丹大朵大朵的花都纷纷谢了，绿油油的牡丹叶子，一天一个圈儿地大起来，牡丹很快就枝繁叶茂了。

不过，人总是会有办法的。

老木匠的办法最多，他在各种各样的家具上，雕刻上牡丹，连门楣上、窗棂上、立柜上、大大小小的箱子上，甚至连小板凳上，都雕上了牡丹。他别出心裁地把牡丹雕刻成"牡丹花牙子"，镶嵌在桌子上、椅子上、罗汉床上。只要是老木匠盖的房子，脊花、螭头、勾檐、滴水，无不有美丽的牡丹在。

后来，老木匠又进行了艺术创作。他会雕上一个瓶子，刻上一枝牡丹，意思是"一品富贵"；雕上四个柿子，再配上一个花瓶，意思是"四时平安"，或"事事平安"；雕上佛手，再刻上一朵浪花，意思是"福如东海"；雕上五只蝙蝠，意思是"五福并臻"；在蝙蝠旁边雕上几个寿桃，意思是"福寿双全"；雕一朵莲花，刻两尾鲤鱼，意思是"连年有余"；雕上只蝙蝠，刻上头鹿，再配上一个大仙桃，那叫"福禄寿"大全；在大柜子上大大地雕刻上几朵牡丹，那意思更大了，那可就是"大富大贵"了……就这样，老木匠把牡丹留给了岁月，留在了四季，留给了艺术，留在了生活，永远留存于人们的视线里，永远留在了人们的记忆中，也永远留下了他的一颗丹心和工匠精神。

这一下，老铁匠可有些着急了，因为老铁匠无法把牡丹的颜容姿色，也像老木匠一样，留在他的铁器上。

但别看老铁匠只是个打铁的，表面上粗犷而豪放，其实他的内心又纤细又柔软。老铁匠先是弄了一套工具，即"铁删""铁凿"之类能够割铁、切铁、镂铁的工具，之后也进入了随心所欲的创作境地，有了自己的作品。打一个饰件，上边镂的是透花牡丹。打一个锁梃，上边弄上镂花牡丹。后来老铁匠竟然做了一个"铁冲"，像一个火印子，打一把锄头，打一把铁锹，打一把菜刀，打一把剪刀，打一把铁匙，都会用这个"铁冲"烙上一个火印——"铁牡丹"。从此，"铁牡丹"成了东对门的一个品牌，热到全村，热到全乡，热到方圆几百里。

看到"铁牡丹"那个滚烫的"火号"，西对门的老木匠也有点坐不住了，琢磨着也必须给自己的牡丹起一个"号"，起一个大大的响亮亮的"大号"，让自己的牡丹与东对门的牡丹齐名！否则，便觉得对不起自己院子里那几株花叶葳蕤的牡丹。

日里思来夜里想，终于，老木匠想出了一个妥妥的大号——"牡丹王"。从此，老木匠的所有活计上，都有了他的一方"牡丹王"印章。老木匠的家具做得好，在十里八乡小有名气，八仙桌方方正正，罗汉椅结结实实，柜有柜的品相，箱有箱的颜状……现在，在每件家具上，又都打上了老木匠的"牡丹王"印记，活计就更是做得国色天香了。不管谁家闺女出阁，不管谁家儿子娶媳，都想着去西对门，购买一套印有"牡丹王"的好家具。"牡丹王"是一方鲜红的小印章，小巧、玲珑、不方、不圆、古色古香——那不光是印章，也不光是大气磅礴的名字，那象征的是老木匠淳朴善良的为人啊。

从此，东西两家的牡丹有了各自的名字——"铁牡丹"和"牡丹王"。这曾经是晋东南周围几百里的佳话。令人痛惜的是，在抗战的烽火岁月里，东对门和西对门的牡丹花，枝枝叶叶，都被战火烧尽了。

即便如此，乡亲们还都抱着希望说："牡丹的根还在。"

5. 红红火火的民间牡丹花会

对此，卓然兄坚信不疑。他斩钉截铁地说："牡丹的精神是永存的。牡丹的生命力是无比丰盈的。我们的民间，我们的乡村，一定还会有牡丹，一定还会蓬勃发展、富贵吉祥！"

果然，时光来到了21世纪，风调雨顺，国泰民安，牡丹王真的又在晋东南出现了！晋城陵川县城里，有一焦姓人家，当家人单字名光，焦光培育了40多年的一株牡丹，居然陆续开出800多朵牡丹花，成了远近闻名的"牡丹王"。

据焦光说，他家的这株"牡丹王"，是陵川著名的"西溪千年牡丹"的后裔，原来生长在离他家不远的西溪庙。在40多年前的"破四旧"中，焦家长辈怕西溪牡丹在西溪庙遭了灾殃，就偷偷地将庙里的牡丹移植到了自家院内。40多年来，他们焦家人精心呵护，施肥、培土、浇水，像自家人一样照顾着这些西溪牡丹。后来，这些牡丹越长越繁盛，有"皇冠""菊花""单瓣""千层楼阁"等十余种类型。

中科院刘政安博士曾专程到陵川研究这些牡丹。他鉴定后，认为"牡丹王"是最原始的千年丰花牡丹品种，开花之多国内罕见，品质也高，花色迷人，芳香四溢，生命力旺盛。

为了让更多的游客欣赏到"牡丹王"雍容华贵的风姿，连续几年，每到花开季节，焦光夫妇就带领全家人，举办小型的"民间牡丹花会"，接待四方宾客。十里八乡的人们，老人、孩子、汉子、大姑娘、小媳妇，像过节一样，穿戴起漂亮的衣饰，呼朋唤友，前去看花，甚至还有不少省外的游客也慕名前去观赏呢。

卓然兄也去看了，兴奋异常地说："这是真正的'民间牡丹'。你看你看，牡丹在民间，牡丹在民间哟。"

元　佚名　《牡丹湖石图》

四、牡丹是大自然派给人类的花仙子

　　我相信，聪明的读者读了前面几章，已经领悟到了我的用意。是的，一京都、一外省，一城市、一乡村，基本涵盖了国人对牡丹的态度。

　　那么，牡丹是从何而来的？又是从何时进入我们生活的？它在大自然和社会中扮演着什么角色？目前又处于什么状况呢？

　　本节溯本探源，追寻一下牡丹的植物学意义。

　　我对大自然充满了感激之情，是大自然为我们人类想得周周全全，把世界安排得丰富多彩：有蓝天白云，有日月星辰，有山峰巉岩，有江河湖海，有大漠戈壁，有城市乡村，有花草树木，有兽鸟鱼虫，有男人女人，有黄发垂髫，有文学艺术，有书籍音乐，还有真善美……

　　牡丹，是大自然派给人类的花仙子。

1. 牡丹的得名与种类

牡丹原产于中国的长江流域与黄河流域的山间或丘陵中，人们发现它的药用价值和观赏价值后，逐渐将其变野生为家养。

关于牡丹的得名，公认出自明代李时珍的《本草纲目》：牡丹以色丹者为上，虽结子而根上生苗，故谓之牡丹。

从植物学的意义上讲，牡丹是芍药亚科芍药属的栽培植物。据《中国植物志》记载，全世界范围内发现的芍药属一共有30多种，分布于欧亚大陆温带地区，我国有11种。

这30多种芍药属又可以分成牡丹组和芍药组。单从花朵看，牡丹与芍药的区别并不特别明显，都是艳丽的大花，朵大，瓣密。实际上，二者有很大不同：牡丹组是灌木或亚灌木，冬天只落叶不枯死，来年从老枝上生出新叶和新枝；芍药组则是草本植物，它们的茎基本为草质，每年入冬，地上部分基本枯死，来年从茎基上再生出新枝叶。也就是说，牡丹是多年生灌木或亚灌木，芍药是多年生草本植物。牡丹的花期比芍药要早，牡丹开罢，芍药才跟着绽放。在北京，芍药花大约开在农历的立夏节气，是诸春花中开放最迟的一种，所以它还有一个很雅的别名叫"将离"。它之后再无春花，真可谓"人间四月芳菲尽"了。由于牡丹处处"占先"，因此被称为"花中之王"，而芍药略逊一筹，被称为"花中宰相"——以人文的眼光来说，这是否就先天地铸成了牡丹的高贵？

据现存最早的中药学著作《神农本草经》记载，牡丹味苦辛寒，一名鹿韭，一名鼠姑，生山谷。在甘肃武威发掘的东汉早期墓葬中，发现了医学简数十枚，其中有关于牡丹治疗血瘀病的记载。

至今，牡丹在中国的栽培历史已有两千多年了。在长期优中择优的栽培过程中，牡丹品质越来越高，出现了越来越多花大色艳的品种，也就越来越受到人们的喜爱和重视。其栽培范围逐渐由长江、黄河流域诸省，向全国大面积扩大，如今已扩展到中国的东北、东南，以及内蒙古、新疆等地。

牡丹不仅是中国人民喜爱的花卉，也得到了世界其他各国人民的珍爱。日本、法国、英国、美国、意大利、澳大利亚、新加坡、荷兰、德国、加拿大等二十多个国家，均在栽培牡丹，其中以日、法、英、美等国的牡丹园艺品种和栽培数量为最多。令人骄傲的是，这些海外牡丹园艺品种，最初均来自中国。724年左右，相传空海法师已将中国牡丹带到了日本；1330年后，法国通过引进的中国牡丹培育出许多品种；1656年，东印度公司将中国牡丹引入荷兰；1789年英国也引进了中国牡丹，从而使中国牡丹在欧洲传播开来；美国较晚，于1826年之后才从中国引进牡丹品种，培育出黑牡丹珍品。

牡丹花灿烂鲜艳，品种繁多。有的品种花器齐全，萼片、雄蕊、雌蕊发育正常，如"似荷莲""凤丹白"等品种；有的品种雄蕊、雌蕊瓣化或退化，形成了多姿形美的花形、五彩缤纷的花朵。根据花瓣层次的多少，传统上将花分为：单瓣（层）类、重瓣

（层）类、千瓣（层）类。在这三大类中，又视花朵的形态特征，分为菊花型、荷花型、皇冠型、绣球型、蔷薇型、金环型、托桂型、楼子台阁型、千层台阁型等类型。

菊花型牡丹花瓣6轮以上，花瓣形状相似，排列整齐，层次分明，自外向内逐渐变小；雄蕊偶有瓣化；雌蕊5～11枚，正常生长或退化变小。此类花以"玫瑰红""丛中笑""银红巧对""锦袍红"等品种为代表。

荷花型牡丹，花瓣4～5轮，20～25片，花瓣宽大，形状大小近似，排列有序；雌蕊发育正常，结实能力强，但个别品种偶有雄蕊或雌蕊柱头瓣化现象。此类花以"似荷莲""锦云红""玉板白"等品种为代表。

皇冠型牡丹，外花瓣2～5轮，宽大平展，雄蕊大部分或全部瓣化成细碎曲皱花瓣；内花瓣排列不规则，瓣间常杂有正常雄蕊或退化中的雄蕊；雌蕊退化或瓣化，偶有结实。瓣群密集而高耸，形似皇冠。此类花以"蓝田玉""胡红""姚黄""首案红"等品种为代表。

绣球型牡丹，雄蕊充分瓣化，内外瓣形状、大小近似，拥挤隆起，呈球形；雌蕊基本或全部退化或瓣化，无结实能力。此类花以"豆绿""绿香球""雪映朝霞"等品种为代表。

蔷薇型牡丹，花瓣多轮，花瓣由外向内逐渐变小；雄蕊部分瓣化成正常花瓣；雌蕊退化变小或瓣化，结实能力差。此类花以"紫二乔""乌金耀辉""红霞争辉"等品种为代表。

金环型牡丹，外花瓣2～3轮，宽大平展；花朵中心有部分雄蕊瓣化成狭长直立大花瓣，中心花瓣与外轮花瓣之间有一圈正常雄蕊成金环状；雌蕊正常或稍有瓣化，结实能力差。此类花已极少，以"白天鹅""俊艳红""粉面桃花""玉美人"等品种为代表。

托桂型牡丹，外花瓣2～5轮，宽大整齐；部分雄蕊瓣化成细长花瓣，瓣间杂有正常雄蕊，排列不规则而稀疏；雌蕊正常或稍有瓣化，结实能力强。此类花以"淑女装""娇红""仙娥""三变赛玉"等品种为代表。

楼子台阁型牡丹，下方的雄蕊瓣化较充分，与正常花瓣形状相似；雌蕊瓣化成正常花瓣或彩瓣。上方的花瓣略大，数量较少，雄蕊基本瓣化或退化；雌蕊瓣化成正常花瓣或彩瓣。此类花型以"赤龙焕彩""盛丹炉""玉楼点翠""紫重楼"等品种为代表。

千层台阁型牡丹，下方花瓣4轮以上，花瓣排列整齐，形状近似，瓣间杂有雄蕊和退化的雄蕊；雄蕊正常而量少，或偶有瓣化；雌蕊退化变小或瓣化。上方花瓣量少，平展或直立，雄蕊量少而变小，雌蕊退化变小或瓣化。此类花以"菱花湛露""脂红""寿星红"等品种为代表。

根据中国科学院植物研究所植物分类学家洪德元领导的研究组于2014年发布的研究成果，牡丹组原来一共有9个野生原种，其中4个原产于横断山区到中国西南部，5个原产于中国东部。中国传统的牡丹品种，都由这5个原产于中国东部的野生原种经过驯化和反复杂交而得来，并逐渐艳丽、丰富起来。

2. 十大牡丹名品

经过历代爱花人的辛苦培育，至当代，牡丹的品种已非常丰富了。最著名的有十种，分别为姚黄、魏紫、欧碧、赵粉、二乔、洛阳红、御衣黄、青龙卧墨池、酒醉杨妃、白雪塔。最名贵的，公推四大名品：姚黄、魏紫、赵粉、欧碧。其中，又以姚黄、魏紫为最佳，前者被封为"花王"，后者被封为"花后"。

十大牡丹名品之一**姚黄**　姚黄出自宋代洛阳邙山脚下白司马坡姚崇家，欧阳修的《洛阳牡丹记》中记载："姚黄者，千叶黄花，出于民姚氏家。"宋人朱弁《曲洧旧闻》有记："其中姚黄，尤惊人眼目，花头面广一尺，其芬香比旧特异，禁中号一尺黄。"宋代的一尺只比今天的一尺短一点点，这么大直径的花朵，真是引人遐想不已。此花初开为鹅黄色，盛开时为金黄色。花高于叶面，花瓣整齐，气味清香。花形丰满，态如细雕，质若软玉，自有一种高洁气质，不愧"花王"称号。有诗赞道："姚家育奇卉，绝品万花王。着意匀金粉，舒颜递异香。斜簪美人醉，尽绽一城狂。且倚春风里，遥思韵菊芳。"

十大牡丹名品之二**魏紫**　魏紫指的是千叶肉红牡丹，出自魏仁溥家，《洛阳牡丹记》："魏家花者，千叶肉红花，出于魏相家。"此花紫红色，花期长，花量大，花朵丰满，千姿百态，不愧为"花后"。相传最初的时候，魏紫是一位砍柴人在寿安山里发现的，他见此花十分奇珍，便挖来卖与魏氏。魏氏如获至宝，精心栽培，着意护养，结果该花越来越漂亮，名声越来越响，最后竟然到了人们想要赏此花，需付出数十钱作为"门票"，才得以一睹芳颜的地步。久之，民间的传说越来越多，有人道魏紫的叶子能到七百叶。宋代钱惟演曾称："人谓牡丹花王，今姚黄真可为王，而魏花乃后也。"

十大牡丹名品之三**欧碧** 欧碧是稀有的浅绿色牡丹，难得一见。今人见其"欧"字，很容易联想到是从西洋传来的。大谬！此"欧"应为"欧阳"之姓，有宋代陆游《天彭牡丹谱》的记载为证："碧花止一品，名曰欧碧。其花浅碧，而开最晚，独出欧氏，故以姓著。"绿色的花本来就少见，在诸多牡丹品种中，又只有它是绿色的，所以极为珍贵。欧碧花朵重瓣繁密，叶片层层叠叠，小心地包裹着中间的一缕香魂，尽显雍容华贵之态。在北京景山公园的牡丹园中，有唯一的一株绿牡丹，其雅名唤"绿幕隐玉"。

十大牡丹名品之四**赵粉** 据记载，该花是将一种名为冰凌罩红石的牡丹从洛阳移植到曹州（今山东菏泽）赵氏花园培育而成的。因花为粉红色而得名，旧时称"童子面"。此花芳香浓郁，花形多样，花量大，为丰花品种，姿态高雅，真如童子一样纯洁无瑕，且清香宜人。花的形状有单瓣、半重瓣、重瓣三种。有时一株牡丹上能同时开出这三种形状的花，极为悦目，一时名声大噪，迅速进入牡丹"四大名品"之列。

十大牡丹名品之五**二乔** 二乔出自宋代元丰年间银李园，原称

"洛阳锦"，被移至曹州后改称"二乔"。此花的奇特之处在于，同株、同枝上可开紫红、粉白两色花朵，或同一朵花上有紫红和粉白两色，古人将之比作三国孙策和周瑜的美貌夫人大乔、小乔。此名一出，更增加了此花的高贵和魅力。这是我最喜欢的牡丹品种，我认为它们是女性花，是所有牡丹花里最漂亮的"姑娘花"。

十大牡丹名品之六**洛阳红**　洛阳红又名"紫二乔""普通红"。此花紫红色，为丰花品种，一株能开百朵花，花繁叶茂，非常符合中国人的审美观和幸福观，所以很受欢迎，甚至被冠以"新花后"的美称。

十大牡丹名品之七**御衣黄**　御衣黄又名"御袍黄"，顾名思义，其花颜色如御衣之黄，引人以高在庙堂的联想。此花初开时，呈现的是浅黄色，洁净清雅；盛开时，黄色向白色逐渐过渡，花蕊的红色底部渐渐露出，像是神来之笔，煞是好看。

十大牡丹名品之八**青龙卧墨池**　青龙卧墨池有点"活泛"，花的形状多种多样。花蕾呈圆锥形，花的直径能达到19厘米。花色较重，但比墨紫色稍浅一些。花外瓣有两轮，花片宽大，微微上卷，最边上一圈镶着墨紫色晕。花内瓣稍小，曲曲卷卷。花蕊呈绿色。花梗较短，微软。花朵呈侧开状。叶面是黄绿色，也具有紫色晕。花心的雌蕊呈绿色，周围是墨紫色的多层花瓣，似一条青龙盘卧于墨池中央，故称为"青龙卧墨池"。可是我真不喜欢这名字，好端端的牡丹花，非要跟什么青龙扯在一起，是不是有点败了花性？

十大牡丹名品之九**酒醉杨妃**　酒醉杨妃开粉紫色花，花瓣顶部为粉红色，越往底部颜色越深，呈紫色。它的花瓣特别繁密，从底部一层又一层打开，似乎藏着无穷的秘密。它似乎是人们最属意的牡丹花，已成为经典或者说是模式，人世间但凡用牡丹图样的物品，一定少不了它，不信你就去观察吧：女人的衣饰、冠饰、袜饰、鞋饰、包饰，屋子里的脸盆、床单、被罩、窗帘、门帘、画屏、柜镜……都有大朵的"酒醉杨妃"。我记得小时候在学校里做纸花，也是仿照它做的。拿几张粉色纸来回折叠，然后摞在一起，从中间对折，拿一根线系住，再从两边一层层打开、塑型，就做成一朵"精神抖擞"的大牡丹花了。

我在这里用"精神抖擞"，实际上用北京话说，应该称"支支棱棱"。不过，这刚好与它的名字相反，由于植株枝条柔软，这粉紫色的大牡丹花盛开时，花头不是向上昂起的，而是呈下垂状，清风吹来，频频点头，让人联想到杨玉环的纤纤醉态，故得名"酒醉杨妃"。

十大牡丹名品之十**白雪塔**　白雪塔的花呈皇冠状，外瓣阔大，奋力张开，几乎成一百八十度；内瓣细密，层层叠叠堆起，呈圆球塔形。花初开时为绿白色，盛开时变成雪白色，洁净无纤尘，直至零落成泥碾作尘，颜色白如故。并且，此花还有一美，瓣基上有紫色晕点，点点闪烁于花间，似娇羞少女躲躲藏藏，不好意思展露自己的美丽。

元　佚名　《草虫图》

3. 牡丹花语

俗话说，"人有人言，兽有兽语"，那么植物呢？

是的，别看花草树木不与人类说话，其实，它们也有与自己同伴交流的语言。细想吧，风来了的时候，树叶"沙沙沙"，那不是它们在喁喁私语吗？雨来了的时候，花朵们"唰唰唰"，那不是它们在奋力嘶喊吗？晴天朗日之下，庄稼"啪啪啪"拔节，那不是它们在进行成长比赛吗？再往大千世界望过去，"哗哗哗"，江水滔滔，惊涛拍岸；"呜呜呜"，舟船往来，车水马龙；"喳喳喳"，是小鸟在欢叫；"哞哞哞"，是牛群在高喊；"嘎嘎""咯咯""吱吱""汪汪""喵喵"……所有的生命，都有它们不可或缺的语言。

牡丹花也是有花语的，它们之间，肯定是天天、年年、代代，都在进行着关于生命、关于生长、关于真善美的研讨与交流。只不过我们听不懂它们的话语，更猜不透它们的心思，愚蠢的人类便按照自己荒谬的价值观，把我们人间的种种世俗之见，强行赋予在它们身上，什么"富贵""堂皇""权力""地位"等，把好端端的花界也庸俗了。

不过从另一个侧面看，这当然也是人们真情实感喜爱和推崇牡丹花的结果，上至帝王嫔妃，下至平民百姓，都希望雍容华贵的牡丹花，能给他们带来好运和福分。所以，自唐代起，有关牡丹花的诗文猛增，文人雅士都有热烈的表达，最有代表性的就是前面提到的刘禹锡的名句"唯有牡丹真国色，花开时节动京城"。从此，"国色天香"便成为牡丹花的第一花语。

从宋代开始，除牡丹诗词大量问世外，又出现了关于牡丹的专著，连大文豪欧阳修也写下《洛阳牡丹记》，陆游写了《天彭牡丹谱》，张邦基写了《陈州牡丹记》等。元代有姚燧的《序牡丹》。明代有高濂的《牡丹花谱》、王象晋的《群芳谱》、薛凤翔的《亳州牡丹史》等。清代存留更多，较有名的是汪灏的《广群芳谱》、苏毓眉的《曹南牡丹谱》、余鹏年的《曹州牡丹谱》等。

至现当代，西学东渐，中国也有了植物学学科以及专业技术人才。除了文人继续歌咏牡丹的诗文外，植物学研究方面的学术著作也陆续问世，像《牡丹栽培种植技术大全》《家养牡丹花》等书，渐渐走进了寻常百姓家，对牡丹的种植及养护起到了普及作用。

4. 关于国花评选

我孤陋寡闻，一直认为关于"国花""国树""国鸟"等的评选，都是从西洋滥觞的。其实还真不是，据古籍记载，唐代时，牡丹就被选为"国花"，那么说明，至少从唐代起，中国就有了"国花"的评选活动。

清末，牡丹也一度被选为"国花"。从庙堂到江湖，牡丹种植越来越多，并且越来越深入人心。建筑、雕塑、戏剧、绘画……各

种艺术形式，都越来越多地涉及牡丹，乃至民间生活也越来越多地
与牡丹相伴。

至当代，最近的一次，是2019年中国花卉协会举办的"投票：
我心中的国花"活动。据《中国花卉协会关于国花网上民意调查情
况的通报》，在全部有效的362264票中，排名如下：

第一，牡丹：79.71%

第二，梅花：12.30%

第三，兰花：2.48%

第四，荷花：1.89%

其余菊花、月季、茶花、桂花、杜鹃、水仙等的赞成比率均不
到1%。据此，每10位参与投票的人中便有8人投了牡丹，虽然后来
众说纷纭，但从中可见中国人对牡丹花的国花地位的认可度之高！

平时不觉得什么，及至我开始写此文，自然就对牡丹敏感起
来，突然发现就连我自己家里，也到处都能见到牡丹的倩影，扇子
面、笔记本扉页、台布、窗帘、床单、毛巾被、衬衫、连衣裙、脸
盆、毛巾、牙缸、饭碗、盘子、暖壶、水杯……牡丹的身影竟然无
处不在，充分证明：牡丹已经成为中国老百姓生活中不可或缺的一
部分。

　　"繁荣昌盛、国强民富"的象征意义，非牡丹莫属。试想，若是有一天，牡丹真的当选为中华人民共和国的国花，那时将举国上下皆欢呼，神州处处富贵花。

五、唐前唐后说人文牡丹

可以说，人文牡丹是从唐朝开始兴盛，然后走到中华舞台中央的。

盛唐与牡丹相逢，是历史的机运，是天作之美。

牡丹与盛唐融合，是天地、文化、人心的绝世良缘。

从此，正式开启了中国的牡丹文化时代。

牡丹啊牡丹，你这迷人的花，虽然早已生长在中华大地上，但我们还想知道：

你是从何时起，走入了中华文字的典籍里？

你是从何时起，开始绽放在中华人文的心脏上？

你是从何时起，流淌出中华人文的热血？

你是从何时起，成为中华文化的一部分？

你是从何时起，彰显出中华精神的一脉？

你是从何时起，与中华民族呼吸与共、同欣共荣？

你是从何时起，从简单意义上的植物花，升华为摇曳着中华文化精神的奇葩?

……

1. 唐之前尚无人文牡丹

　　唐朝以前,在中华的文化史册上,似乎还没有关于牡丹的文字出现。大唐宰相、文学家舒元舆曾在他写的《牡丹赋》中说:"古人言花者,牡丹未尝与焉。盖遁于深山,自幽而芳,不为贵者所知,花则何遇焉? 天后之乡西河也,有众香精舍,下有牡丹,其花特异……"意思是说,古代人说到花的时候,很少说到牡丹。那是因为当时牡丹隐藏在深山里,自在地开,自在地落,自在地香,花开花落两由之。那时牡丹花是开在"天后之乡西河也",也就是开在武则天的故乡,一个叫作"西河"的地方,花开得异常美丽。但是这样美丽的花卉,在唐前居然未被人们赏识。

　　周敦颐也在他的《爱莲说》中证实了这一点。他说:"自李唐来,世人甚爱牡丹……"这话什么意思啊? 难道唐之前真的没有人爱牡丹吗? 难道唐之前的牡丹不可爱吗?

　　事实是,大唐之前并非没有牡丹,亦非无人发现,也不是牡丹不可爱,更不是没有人爱牡丹。《封神演义》中就有这样一些文字,证明牡丹为人所发现,也为人所喜爱:

　　　　因帝乙游于御园,领众文武玩赏牡丹,因飞云阁塌了
　　一梁,寿王托梁换柱,力大无比;因首相商容、上大夫梅

明 沈周 《牡丹图》

伯、赵启等上本立东宫，乃立季子寿王为太子。后帝乙在位三十年而崩，托孤与太师闻仲，随立寿王为天子，名曰纣王，都朝歌。

其时鲧捐轻敲檀板，妲己歌舞起来。但见：霓裳摆动，绣带飘扬，轻轻裙衮不沾尘，袅袅腰肢风折柳。歌喉嘹亮，犹如月里奏仙音；一点朱唇，却似樱桃逢雨湿。尖纤十指，恍如春笋一般同；杏脸桃腮，好像牡丹初绽蕊。

话说子牙同异人来到后花园，周围看了一遍，果然好个所在。但见：

墙高数仞，门壁清幽。左边有两行金线垂杨，右壁有几株剔牙松树。牡丹亭对玩花楼，芍药圃连秋千架……

话说时光易度，一日，妲己在鹿台陪宴，陡生一计，将面上妖容彻去，比平常娇媚不过十分中一二。大抵往日如牡丹初绽……

纣王心甚欢悦。又见闻太师远征，放心恣乐，一无忌惮。时当三春天气，景物韶华，御园牡丹盛开。传旨："同百官往御花园赏牡丹，以继君臣同乐，效虞廷赓歌喜起之盛事。"

在中国历史上很早就已经有了牡丹，牡丹也很早就走进了文化典籍。但《封神演义》毕竟是文学作品，小说家许仲琳又生于明末，我们或不可以以此为证。倒是《神农本草经》里的记载更可信些："牡丹味苦辛寒……一名鹿韭，一名鼠姑。生山谷。"《神农本草经》于汉代集结整理成书，是对中国中医药的第一次系统总结，其中已经记载了牡丹的药用价值。这一段文字说明，最晚在汉代，中华大地上就已经有了牡丹，而且牡丹的药用价值也已经被发现。还有在甘肃武威发掘的东汉早期墓葬中，发现了医学简数十枚，其中有关于牡丹治疗血瘀病的记载。

除了医药书籍中有关于牡丹的记载，诗画中也有牡丹的留痕。北齐时期有个画家叫杨子华，是中国绘画牡丹的第一人。杨子华曾留下一句诗，"画牡丹处极分明"。虽然只有一句，却足以证明在大唐之前的北齐，就有了牡丹，而且有人爱牡丹、写牡丹、画牡丹。

2. 唐前牡丹无名是文化使然

上述文字说明，自春秋至北齐，中国就有了牡丹。但为什么牡丹未著称于世呢？为什么牡丹一直寂寂自开自落，直到大唐才名声大噪呢？

我以为，唐之前牡丹无名，绝不是一个疏忽，而是文化使然。

牡丹成名于大唐，是一个必然，也是文化使然。

这是一个很有趣的文化现象。也就是说，大唐之前的社会文化氛围，没有给予牡丹走出大山，走向人间的时间、空间和机遇。但唐前的社会文化形态，一直影响着牡丹走出山沟，走出荒野，走出丘壑，走出山村。

回顾中华文化史：自春秋始，诞生了一个老子，一部《道德经》；诞生了一个孔子，一部《论语》。到战国、秦、汉、魏晋，在中国大地上结伴而行的有两个影子：一个老子，一个孔子，一个是道家，一个是儒家。

道教文化端庄、严肃，有一点清癯，有一点枯瘦，像一位不苟言笑的长者，白须束发，插一根荆条，穿一领灰色或黑色道袍，或端坐于简陋的道观里养息，或趴在八卦炉边炼丹，或翩翩来去于雾气缥缈的云与山之间，或端坐在石龛或茅庵中，或抱一卷《道德经》，或把一卷《庄子》，口中不停地念着"道生一，一生二，二生三，三生万物""知天之所为，知人之所为者"，心里冥想着"御风而行"，想着"至人无己，神人无功，圣人无名"。其人格精神状态偏重于宁静、淳朴、严谨、审慎、穆然。无论是人格还是形体，都有一种"独与天地精神往来"的境界，虽然不乏"汪洋辟阖，仪态万方"的潇洒与飘逸，但总归是虚静而且朴厚的。这种精神与形貌，与牡丹的色与香是极其不合拍的，是很难走到一起的。

在过往的历史通道上，虽然也有诗歌如《诗经》，却在"诗三百，思无邪"的政治光影下，显出无比"温柔敦厚""循规蹈矩"的老儒模样；虽然也有一部《离骚》，光华灿灿，却稍嫌一腔哀怨，满腹牢骚。

直至汉代以前，在"道行天下"的历史旷野中，几乎没有儒家施为的一垄土。

历史大剧终于演绎到了汉代。汉武帝出于统治的需要，采纳了董仲舒"罢黜百家，独尊儒术"的谏议，由此道家站边，儒家坐大，进入了"内用黄老，外示儒术"的历史时期。然而，虽然《论语》大放异彩，也有了文化方面的百家争鸣，却多是政治、社会、人生、谋略的严肃命题。文学上虽然出现了《史记》《汉书》以及诸多汉赋——这些的确是中国文学史上的瑰宝，却永远保持着一副目不斜视的老儒模样，背上背着一摞又一摞"秦砖汉瓦"，被压得佝偻着腰，只能在历史的驿道上喘息。

在这期间，道家思想也一直在发展，无为、隐忍、清冷等一些特质，影响着一代又一代唐前人的人生态度和处世思想。很多士人不断提倡与"大自然和谐相处"，他们爱山，爱水，爱竹林，爱东篱……他们的出发点是想求得精神与思想的自由，不受任何桎梏。

东篱，就是陶渊明那个菊花园圃的篱笆。陶氏爱菊，也是受时代风气的影响。东晋时尚菊，时人都爱不惮于霜天的菊花。陶渊明是众多"爱菊人"的一个代表，他们的喜好与精神，引领着整个时代的审美追求。

由此所知，爱菊是唐前人的精神写照。在唐前人的视野中，在他们所喜爱的花卉万类中，菊独具特色。他们把菊种在园子里，再围上篱笆，不让他人，以及狗、鸡、猪、羊、牛、驴、骡、马进到园子里糟蹋。趁着朝晖，他们会扛了锄头去园圃中种菊、锄草、浇水、捉虫子，最后是采菊。唐以前的文化人也从内心深处崇菊爱菊，歌颂菊的种种品质，在作品中以菊花自比自喻，甚至还形成一种文化现象，带给文学和文化一种玄远的风格：人淡如菊。

所以，即使牡丹不被掩在大山深处，在唐之前，爱菊的人们也不会热爱牡丹，而是把它们与诸多山花野草等同看待。更有甚者，还会把牡丹之鲜艳等同妖冶而敬而远之。

因此，牡丹不遇，"不为贵者所知"，便只好在大山深处"自幽而芳"。

3. 牡丹开出了一个辉煌的大唐

牡丹在大山里寂寞了多少年，没有人能够说得清楚。不过，凡世间物种，只要有丰盈的生命力，不管经历多少劫难，终究会面对世界，面对人类，大声宣告自己是有灵性的物种。一旦有了适宜的空气、水分、土壤和风，它们便一定会成为某一个时代的符号，甚至成为这个时代的精神徽物。

事实确是如此。牡丹终于凭自己的信念和定力，从寂寞开到热闹，甚至开到喧闹，从大山深处开到了盛唐上林苑，开出了一个香浓的大唐、一个辉煌的大唐，并从此走上了历史舞台。

值得一提的是，牡丹盛开于大唐，并非牡丹改变了自己的性情与品格，它们并没有为了迎合时势去蓄意地改变自己，而是中华的文化氛围和文化需求发展到唐朝，其天时、地利、人和诸方面的需

明　陈淳　《洛阳春色》（局部）

要与契合使然。大开大合的盛唐，不仅向世界各国开放了国门，也接纳了牡丹，把这位在深山大沟里流浪的公主，迎回到庙堂之上，并封为旷世的花中王者。唐朝宰相舒元舆在他的《牡丹赋》中记述了这个过程：

天后之乡西河也，有众香精舍，下有牡丹，其花特异，天后叹上苑之有阙，因命移植焉。由此京国牡丹，日月寖盛。今则自禁闼泊官署，外延士庶之家，浓漫如四渎之流，不知其止息之地，每暮春之月，遨游之士如狂焉。亦上国繁华之一事也。近代文士，为歌诗以咏其形容，未有能赋之者。余独赋之，以极其美。

翻译成白话，就是说，牡丹在未入世之前，寂寞地在武则天家乡西河开得特别美丽。武则天感叹皇宫花园中没有这么香艳的花，命人把牡丹移植到了宫中。由此，牡丹在京都日益兴盛，无论是官宦大户还是平民百姓，都养起了牡丹，牡丹花也就像流水一样蔓延在大地上。每到暮春牡丹花开时节，所有人都如痴如狂地去看牡丹，这成为国家的一个盛事。文人雅士也都为其吟诗歌咏……由此可见，牡丹到了盛唐时期，已经达到了举国为之癫狂的程度。

那么，"大唐精神"为什么能与"牡丹精神"相契合呢？是因为中国文化发展到唐朝，"道"与"儒"均退出中国文化的历史舞台了吗？显然没有。我个人认为，这是因为在瘦弱衰迈的"道统"

和温柔敦厚的"儒学"之间，插入了胖胖的、慈颜善目的、慧光四射的"佛教"。

自汉朝始，怀着"般若"与"真如"的佛教，在中国文化的彩排场外徘徊了数百年乃至上千年，一路跟在"道"和"儒"的身后。

历史的车轮走到唐朝，国家达到空前的繁荣与统一，国泰民安。唐朝的统治者对外来文化兼容并蓄，所以唐朝的宗教活动极盛，佛教得到极大发展。大唐皇室还嫌佛文化不够强劲，又派了玄奘到"西天"取经，繁荣了"大唐文化"，辉煌了"大唐气象"。倘若没有大唐王朝的开放思想，就绝没有大唐文化的辉煌。

儒、道、佛三教通流，大河汤汤，海风洋洋。杜甫之诗德参天地，源于儒；李白之诗呼吸宇宙，出乎道；王维之诗诗中有画，画中有诗，皆至天人合一境界，故能出神入化，源于佛。文化能够开放和多元，带来的一定是政治的清明、经济的繁荣、社会的安定、民风的淳朴；"国正天心顺，官清民自安"，带来的一定是民情所聚、民心所向，是鼎盛、繁荣，是一荣俱荣，是持续繁荣。

在这样的社会文化氛围里，如同"天生丽质难自弃"的杨贵妃，牡丹从大山里走出来，这是顺理成章的事。不然，花开富贵的牡丹就对不起"盛唐"二字；而如果盛唐再不接纳牡丹入世，也辜负了牡丹的国色天香。

盛唐与牡丹相逢，是历史的机运，是天作之美。

牡丹与盛唐融合，是天地、文化、人心的绝世良缘。

盛唐就像一枝牡丹，无比艳丽；牡丹就像一个盛唐，无比辉煌。这是真正的相得益彰。从此，中国正式开启了牡丹的文化时代。

4. 自唐朝以后，牡丹已扎根在中华心脏上

据柳宗元《龙城录》记载："洛人宋单父，字仲儒。善吟诗，亦能种艺。凡牡丹变易千种，红白斗色，人亦不能知其术。上皇召至骊山，植花万本，色样各不同。"当时的"艺人"因受社会所限、生活所迫，所掌握的"绝技"是不外传的。所以，宋单父种植牡丹的绝技使后人"不能知其术"，因而没有留传下来。但是从"植花万本，色样各不同"来看，唐代时候牡丹的栽培技术已达到相当高的水平。

正如前面所说，在唐代，宫廷、寺观、富豪家院以及民间的小家小户，种植牡丹十分普遍。《龙城录》记载，"高皇帝御群臣，赋《宴赏双头牡丹》诗"。《杜阳杂编》载，"穆宗皇帝殿前种千叶牡丹，花始开，香气袭人"。《剧谈录》载："慈恩浴堂院有花两丛，每开及五六百朵，繁艳芬馥，近少伦比。"当时，刺激牡丹种植业发展的原因，不仅是在帝王喜好的导向之下，牡丹被大多数人追捧喜爱，形成了相当高的观赏价值，而且也在于牡丹因此产生了较高的经济价值。在唐代大量栽培牡丹的情况下，牡丹的品种越来越多，牡丹花瓣化程度提高，花形花色增多，牡丹产业越来越红火。

从栽培方面说，唐代已开始尝试牡丹的熏花试验。所谓"熏花"就是今天的温室催花。据《事物纪原》记载，"一说武后冬月游后苑，花俱开，而牡丹独迟，遂贬于洛阳"，从中可看出，"熏花"之术在当时还没有被人们普遍利用，否则"牡丹独迟"就不会出现了吧？

在唐代被称为东京的洛阳，从初唐到五代十国的后唐，牡丹种植业都在不断发展，其规模不亚于西京长安。据宋代《清异录》记载，后唐庄宗在洛阳建临芳殿，殿前植牡丹千余本，有百药仙人、月宫花、小黄娇、雪夫人、粉奴香、蓬莱相公、卵心黄、御衣红、紫龙杯、三支紫等品种。

后唐以降，历宋、元、明、清、民国，至新中国，千年已转瞬，沧海变桑田，风风雨雨，世非人非，牡丹也随着朝代和社稷的巨变而沉浮。但与唐朝之前截然不同的是，中华牡丹和中华的牡丹文化，已牢牢扎根在中华文化沃土，年年开放出繁盛花朵。

第二章

牡丹的中华文化魂

千百年来，中华杰出的文人都曾热情地歌咏牡丹，留下了多如繁星、灿若霓虹的牡丹诗或牡丹词，也留下了许多人物形象和故事。

一、最先到来的是牡丹的神话传说

神话和传说，往往是纯文学创作的先声。它们的表现形态虽然尚不成熟，文学水准虽然停留在初级，但其历史价值、社会生活价值和文化价值并不低，因此堪称各个民族文化的瑰宝。

20世纪80年代中期，我还是一个青涩的小记者，去采访叶君健先生时，我非常惊奇地听到他说，在欧美，必须是具有很高知名度的大作家，才有资格给孩子们写作。叶君健先生是著名作家，也是著名儿童文学作家和著名文学翻译家。他翻译了《安徒生童话全集》等名作，我非常崇拜他，对他的话深信不疑。叶先生还跟我谈到神话与传说，大意是说神话是指关于人类和世界变迁的神圣故事，是民间文学的一种，来源于原始社会时期；而传说是由神话演变而来的，具有一定的历史真实性云云。我非常清楚地记住了其中的一句——"神话传说可以说是早期人类的童话"。

是的呀，谁小时候没听过神话传说和童话故事呢？比如，最耳熟能详的有《七仙女》《白蛇传》《七夕鹊桥会》《孙悟空大闹天宫》……我们都是在它们的哺育下渐渐长大的，也因此渐渐爱上了文学，爱上了中华的文化传统和民族精神。即使是在偏僻的山乡，旧时没有书可读，识字的人也少，但不识字的奶奶和母亲也会给孩子们讲起一个又一个神话故事，那是她们的奶奶和母亲传下来的。再走得远一些，到了云南、贵州、广西等少数民族村寨，围着篝火，孩子们也瞪着大眼睛，专心致志地盯着老人的嘴巴，一字不落地听着他们的民族英雄是怎样降妖魔、斩恶龙的。每个民族都有珍宝一般的神话传说，每个地域也都有珍宝一般的神话传说，这些神话传说里面寄予着人们对生活的美好热望。

关于牡丹，在中国的民间，当然也有非常广泛、非常美丽、非常动人的种种传说，它们比纯粹文学艺术意义上的"牡丹文学"更早进入了民族的文化审美，所承载的传播和教化功用不容小觑。所以，让我们从源头开始，先撷取几则牡丹的民间传说来讲一讲。

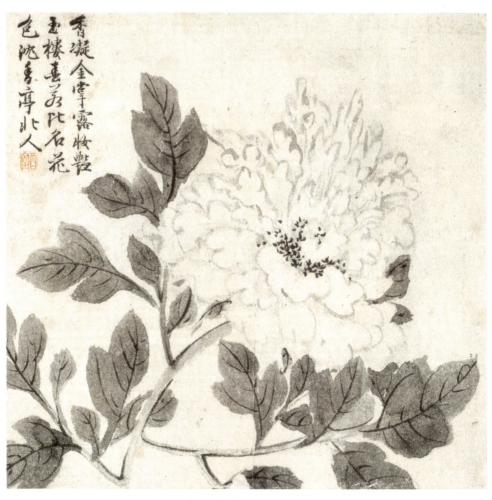

明 王穀祥 《牡丹图》

1. "牡丹"原来是王母娘娘的"母丹"

中国经历了几千年农业社会，创造了辉煌的农耕文明，所以远古民间传说的主角往往是勤劳善良的农民，一般是男耕女织，过着平静和美的日子。现在，我要讲的这个故事也是这么开始的。很早以前，洛阳北有一座邙山，在山脚下住着一对勤劳善良的夫妇。丈夫每天早出晚归，上山耕种、挖药、砍柴，妻子在家纺纱、织布、照顾孩子。他们有一个宝贝儿子，名叫英哥，聪慧懂事，白天帮娘洗菜做饭，晚上爹回来了，他就赶忙给爹端茶倒水，一家人和和美美，日子过得平静而幸福。可是在英哥9岁那年，天降不幸，爹病死了，娘也落下了病根，每天夜晚发热，白天发冷，不久就面黄肌瘦，走路都打晃，眼看着人就要不行了。英哥急得呀，到处找医生给娘看病，抓药煎药喂给娘喝，可是娘的病就是不见起色。娘天天以泪洗面，英哥也急得呜呜痛哭。村里人见他娘俩可怜，不知谁说了一句"过去有老人说过，邙山顶上有个仙人台，长有灵芝草，吃了能除百病"，小英哥就记下了这事。

第二天一大早，英哥就瞒着娘，偷偷地向大山走去，下决心要找到仙人台，采到灵芝草救娘。邙山方圆几十里，最高峰藏在最深处，可是这些都挡不住英哥救娘的决心。走啊攀啊，山路越来越陡，英哥脚蹬手攀，毫无畏惧地向上爬，但当他快要爬上山顶时，忽然一阵头晕心慌，脚下一软，"骨碌碌"摔下去，昏了过去。不知过了多久，等他醒来时，看到身边坐着一位白胡子老爷爷，正给自己喂水喝。原来是老爷爷救了自己。英哥赶紧爬起来，给老爷爷磕了一个头，告诉老爷爷自己是为救娘而来的，并急切地问老爷爷知不知道哪里有灵芝草。

不料，老爷爷却说："灵芝草也治不好你娘的病。"

英哥一听，一屁股坐在地上，伤心地大哭起来。

老爷爷赶忙安慰他说："孩子，别哭，咱们有办法，就看你有没有决心了。"

英哥一听，忙从地上爬起来，又给老爷爷磕了一个头，说："为了救娘，叫我干什么都成。"

老爷爷抚着他的头说"好孩子"，随后从身边摸出一根碗口粗的大铁棒，递给英哥："你快去小溪边，把它磨成一块一分厚、一寸长的小铁片，然后来找我。"英哥接过大铁棒，连眉头都没皱一下，朝小溪方向走去。

英哥跪在小溪边，不分白天黑夜地磨起来。磨呀磨呀，胳膊累肿了，手指头磨烂了，渗出了鲜血，但他仍不停手，仍然一个劲地磨呀磨。没想到，血一滴到大铁棒上，大铁棒就缩小了一点。英哥好欣喜呀，继续不停手地磨，任凭鲜血顺着手指滴到大铁棒上。突然，大铁棒"啪"的一声裂开了，从里面跳出一把金光闪闪的小钥匙，正是老爷爷说的一分厚、一寸长的小铁片。英哥赶紧拾起来，正要去找老爷爷，发现老爷爷已经来到了他身边，笑眯眯对他说："你真是个孝顺的好孩子。现在我把你送到天上，那里有个叫瑶池的宫殿，里面住着王母娘娘。后花园里有一座小屋，是王母娘娘的炼丹房。你拿着这把钥匙，只要进去拿到一粒仙丹，就能治好你娘的病。不过，那里有天兵天将守护着，孩子，你敢去吗？"

英哥马上大声说："爷爷，我敢。您赶快送我去吧。"

老爷爷给英哥一颗红药丸，让他吞了下去。英哥顿时觉得自己身轻如燕，飘飘欲飞。他向老爷爷拜了三拜，然后头也不回地冲天而去。他在白云中穿梭，不一会儿就来到瑶池大门外。里面一座座宫殿金碧辉煌，有阵阵仙乐飘来。英哥顾不得这些，只按照老爷爷的指引，左拐右拐，悄无声息地来到王母娘娘的后花园。果然在奇花异草中间，有一座小房子，门额上写着"丹房"二字，门上锁着一把大石锁。英哥急忙掏出那把小钥匙，放进石锁孔里一拧，那石锁"哗啦"一声就开了。英哥赶紧冲了进去，见桌上放着大大小小很多瓷瓶，每个瓶里都装满了仙丹。他想到凡间除了娘之外，还有很多病人，自己应该尽量多带些回去，就脱下身上的衣衫拼命地包起来。就在这时，只听外面吵吵嚷嚷地响成一片，英哥知道是王母娘娘带着天兵天将来了，背起衣兜就跑，后面喊杀声越来越近。英哥看看快到邙山了，就把衣兜一抖，把仙丹全部倒了下去。

说时迟那时快，天兵天将已经追了上来，举剑就朝英哥头上砍去。不料那剑却被拂尘挡住了，一看竟是那位白胡子老爷爷来了，原来他是南极仙翁，他对英哥说："你撒下去的仙丹，已入土化作株株仙花，你把仙花的根皮剥下来煎成汤，给你娘喝下去，她的病就好了。"

英哥回到家里，果然看见房前屋后、溪边路旁，开满了美艳无比的硕大花朵。他急忙挖了一把，取其根皮，煎汤让娘喝下，娘的病就真的好了。英哥又采集了更多根皮，用大锅煮了满满一锅，让村里的病人一一喝下，他们的病也很快都好了。后来，人们知道这是王母娘娘的仙丹所化，就叫它"母丹"。岁月更替，斗转星移，"母丹"慢慢被叫成了"牡丹"，成为人世间的花中珍宝。

2. "赵牡"与"阿丹"

在明朝时期，有一个酒坊，酒坊老板早年丧偶，只有一个女儿和他相依为命。女儿小名叫阿丹，二八年华，一副如花似玉的容貌，方圆几十里的媒婆把门槛都快踩烂了。阿丹有一个青梅竹马的小伙伴，名叫赵牡，就住在阿丹家酒坊旁边，是当地一个大地主家的花农。地主专给皇上种贡花牡丹，牡丹种类繁多，最出名的就是四大名品——姚黄、魏紫、欧碧、赵粉。

阿丹和赵牡两小无猜，阿丹早已对赵牡芳心暗许，赵牡也是爱极了这个喜欢跟着他打理花田的妹妹，多次向阿丹的父亲提过亲。可是赵牡父母死得早，他又是地主家的花农，以给地主种花为生，家里很贫穷，阿丹父亲不忍女儿跟着他受苦，每次都拒绝了他，还多次把阿丹关在酒坊中，不允许她与赵牡见面。

又是一年谷雨时，每年这个时节都是牡丹花开得最好的时段，给皇宫送贡花的车队早早地就走了，赵牡瞒着地主藏了一些开得最漂亮的花，偷偷来到酒坊送给阿丹。阿丹自小喜欢牡丹花，见到这些美艳的牡丹花，更是喜不自胜，轻轻地把它们环抱在胸前，在酒坊里与赵牡互诉着彼此的情谊。就在此时，阿丹突然听到酒坊外传来父亲与酒坊伙计的说话声，害怕父亲发现自己偷偷与赵牡见面，于是她赶忙让赵牡从窗户逃走，可是手中的牡丹花却无处可藏，只能忍痛将牡丹花揉碎了撒在没做好的酒曲里。

姚黄、魏紫、欧碧、赵粉，四种颜色的牡丹花在曲池里异常鲜艳，阿丹用制作酒曲的槌子将牡丹花捣碎，又搅拌均匀，这才使这次的酒曲与往常相差不大。父亲进入酒坊，看到女儿在曲池中劳作，没有发现异常，非常欣慰地走了。

待到新酒酿好，父亲又像往常一样招呼伙计去往城里送酒。以前每次去，总要被酒庄克扣些斤两，或者把价格压得很低，可这次酿的酒，酒庄掌柜只尝了尝就照单全收，连价都没有还。这引起了父亲的怀疑。回到家中以后，他便取了些酒品尝，没想到这酒完全不同于以往酿造的酒，此酒清冽甘爽，还有一股淡淡的牡丹香，可称为酒中极品。

事情传开以后，人们纷纷前来抢购。酒坊隔壁的地主也买了一些，进贡到皇宫中。皇上得饮此酒，龙颜大悦，要封此酒为贡酒，还特派了几个太监持圣旨去酒庄封赏。地主知道了这个消息，想要在圣旨到来之前霸占酒庄，于是就勾结了当地官府，污蔑酒坊坊主为贼人，查封了酒坊，将阿丹父亲下了大狱，严刑拷打，逼他交出酿酒秘方。

阿丹父亲受刑不过，只能交出秘方。他在狱中受了拷打，加上又惊又吓，眼看就要不行了。他知道自己去世之后，这世上只有赵牡会一心对女儿好，只是原来看赵牡家境贫困，不忍女儿受苦，到了如今这个田地，自家也受此大难，一贫如洗，唯有赵牡还能不改初心地对待阿丹，于是在弥留之际，把女儿阿丹托付给了赵牡。

赵牡和阿丹埋葬了父亲之后，连夜离开了此地。两人一路扶持，来到了山东曹州府，发现这里也有许多人家种植牡丹，土地、气候十分适宜牡丹生长，于是就决定定居在此。

地主霸占了酒坊，拿到了秘方，结果酿出来的酒和进贡给皇上的完全不一样，被皇上以欺君之罪杀了头。

赵牡和阿丹定居在曹州之后，赵牡给周边种牡丹的农庄打短工，阿丹帮别人浆洗衣服，做些缝缝补补的活计，日子过得虽清贫，但小两口恩恩爱爱。

就这样过了几年，有一年曹州府粮食大丰收，粮价极贱，阿丹就多购买了些粮食打算酿点酒出售。做酒曲的时候，她突然想起那次将牡丹花瓣撒在曲池内的事，于是故技重施，结果又酿出了那种清冽甘爽、带有淡淡牡丹香的酒。阿丹恍然大悟，原来不是父亲改良了秘方，而是牡丹花的功劳。

于是，赵牡和阿丹就在曹州府开起了酒坊，专卖这种带有牡丹花香的美酒，还各取自己名字中的一字，给美酒取名叫作"牡丹酿"。从此，小两口在曹州府安居乐业，并留下了"曹州牡丹酿"的佳话。

明　徐渭　《牡丹图》

3. 四个牡丹品种的美丽传说

（1）"豆绿"的传说

古时候，在山东的曹州，也就是今天的菏泽，有一位青年花农叫大郭，他特别喜欢种花，而且一心想种出最好看的花儿，把"花魁"的金匾挂在自家门上。

百花仙子知道了以后，很是欣喜，决心助他一臂之力，就特意托梦告诉他，你如果真有志气，就去黄河滩上取土，再到东海去汲水，"花魁"就能属于你。说着，她从头发上拔下一支玉簪，丢在地上。那玉簪绿光一闪，就钻到地下去了。

大郭醒来之后，按照百花仙子的嘱托，马上就上路了。历尽艰难险阻，终于取来了黄河滩上的土，汲来了东海的水，在玉簪入土的地方，培育出一株绽放碧绿颜色花朵的牡丹，起名"豆绿"，一举夺得了"花魁"金匾。

（2）"状元红"的传说

"状元红"，花朵硕大，色泽鲜红，相传是被鲜血染红的。传说有个大户人家的孩子，从小被送到京城读书，家里对他的要求就是科考高中，光耀门庭。年轻人倒也真是争气，果然一举中了状元，还被皇帝看中，招为驸马。

状元郎喜气洋洋回家去看望父母双亲，孰料进了家门，却意外见到了一个比自己大十几岁的女子，后来得知这是他的童养媳，已在家中侍奉父母十多年。父亲非要逼着他与这个女子成亲，他不答应就以死相迫。就在此时，圣旨传到，宣他即刻进京与公主完婚。

父命实难违，圣旨又不可违抗，情急之下，状元郎竟口吐鲜血，倒地而亡，父母双亲和他的"妻子"追悔莫及。第二年春天，状元郎的坟上长出了一株牡丹，花色红艳，如同鲜血。牡丹在风中摇曳，远远看去就像是状元郎在招手，人们就把它叫作"状元红"。

（3）"青龙卧墨池"的传说

虽然我自己很不喜欢"青龙卧墨池"这个名字，觉得它隐含着凶煞之气，名字也有点拗口，但在民间传说中，这条"青龙"竟然是献身者的化身。

古时，有一年天公发了脾气，一直不肯下雨，造成天下大旱，庄稼都快枯死了，牡丹也奄奄一息。百姓向上苍哭诉，祈求赶快降雨，可是天公就是不肯开闸放水。这时，一条小青龙听到人们的哭声，看到民众的惨状，心中十分不忍，便冒着杀身大祸，盗取了瑶池的仙水，下凡到人间，拯救了牡丹，也拯救了大地上的其他花草树木和所有庄稼。

玉帝得悉了此事，龙颜大怒，派了一支天兵天将，命他们捉拿小青龙归案。这时，为报答小青龙之恩，一位牡丹仙子挺身而出，拉着小青龙跳进了泰山的墨池里，躲过了天兵天将的追杀。从此，这位牡丹仙子的花朵仍可盛开，花大如盘，花色却变成了与众牡丹都不同的紫墨色。

（4）"黑牡丹"的传说

话说女皇武则天在大雪纷飞的寒冬里，强令百花盛开，以显示她的威仪。大多数花卉不敢抗命，唯唯诺诺开了花，唯有牡丹抗命不从，依然按照天时，摆出冬天应有的枯枝之态。怒火中烧的武则天下令将所有牡丹贬出长安城，永不准再回京都。有几株誓死不离故土的牡丹以死相争，最后，被武则天下令烧死了。

不过，无论是人间事还是花间事，正应了"野火烧不尽，春风吹又生"这句话，这些刚烈的牡丹到底还是留在了长安。第二年春天，它们伸展枝叶，绽出花苞，在春风的吹拂中，神奇地开出了黑里透红的花，成为牡丹的珍贵品种"黑牡丹"。

4. 我心目中的民间文学

读了上面这些故事传说，我内心非常愉悦，为什么？

这些来自民间的传说，虽然文字粗浅，结构简单，甚至可以说是很简陋，但让我想起自己儿时的经历：那时，我家有一个书架，深棕色，四层横隔板，前面是空的，吊着一块防尘的布帘，其左面、后面、右面，皆是封死的木板。我记得很清楚，第一层是各种政治理论书，有《资本论》《联共（布）党史简明教程》《中华人民共和国宪法》等。第二层是家里的共有杂书，包含《家用卫生常识》《珠算学习》《我爱北京》《中国地图册》等。第三层是我们几个孩子的课外书，还有一些《儿童文学》杂志。当时的《儿童文学》杂志办得别提有多好了，所刊发的《狐狸打猎人的故事》《人勤春早》《苦牛》等文章，我至今铭记不忘。还有几部长篇小说，如《苦斗》《红岩》《红旗谱》《军队的女儿》《大江风雷》等。还有一本是我极为钟爱的，叫《中国少数民族民间故事选》，杏黄色封面，黑色行楷题写的书名，怎么也得有三四百页吧，差不多快有一寸厚了。书页已经发黄，书也因此显得更浑厚，里面有西藏、新疆、青海、贵州等地的少数民族的故事传说，情节都很复杂曲折，人物众多。此书不是给儿童看的故事浓缩本，而是由作者搜集整理的民间文学资料。我非常迷恋那些故事，半懂不懂地读过很多遍，最受感动的部分，基本上都是受难公主后来嫁了来救她的勇敢农民或骑手，有情人终成眷属。

今天想来，这些奇幻的民间故事传说，可能就是我的文学启蒙读物吧。

很多作家的文学启蒙，也都源自民间文学。

民间故事传说其实非常不简单。首先是它们的立场，全部都是站在劳动人民一边，歌颂他们的勇敢、善良、聪明、智慧。它们的主人公，一般都是富有正义感的下层劳动者，通过一个什么事件，克服了很多艰难困苦，最终战胜了黑恶势力和奸佞小人，使大家过上了幸福生活。比如我小时候就听过的在黑龙江一带广泛流传的《秃尾巴老李战恶龙》的故事，至今我印象里，还记得大致情节：有一对姓李的农民夫妇，千盼万盼，却生下一个长着尾巴的黑孩子。父亲一生气，拿起刀来把他的尾巴跺了，疼得他逃跑了。之后，人们就叫他"秃尾巴老李"。后来他长大了，战胜了白龙江上祸害百姓的凶恶白龙，用自己一身黑油油的汗水染黑了白龙江以及周边的土地，从此白龙江就改名叫"黑龙江"。这是为民除害的故事。江水滔滔，江风烈烈，我们熟悉的黑龙江，原来还有这么悲壮的故事。

　　其次是它们的理念，全部都是主持正义，弘扬真善美；责罚坏人，鞭笞假丑恶；是非立场鲜明，公道自在人心……千古公理，谆谆向人民教化的，就是这种饱含着中华优秀传统文化的世界观。比如，最广为人知的就是《孟姜女》的故事。孟姜女的丈夫万喜良被秦始皇抓去修万里长城，死在了长城下。孟姜女千里寻夫，哭倒了刚修好的长城，激起天下人对暴秦的仇恨与反抗。这是反对专制暴政的主题。目送青天，仰空长啸，绵延的山峰起起伏伏，虽然沉默不语，但从来没有缺席，人民绝不是任人宰割的羔羊。

　　接下来是它们的文学水平，虽然层次较浅，但语言生动，故事跌宕，紧紧抓住人物的命运，感染力强。比如《白蛇传》的故事，人们都纷纷同情白娘子的际遇，讨厌法海多管闲事，凭什么无端地造成人家夫妻分离的悲剧。这是成人之美的故事。西子湖美，晴雨皆宜，两岸黄鹂鸣翠柳，声声春来唤不停，普天之下，人人都有幸福生活的权利。

　　还有就是它们的群众性，无论男女老少，文化高低，都可以接受。它们全是亲切的故事，不做作，不端着，心平气和地讲给你听，循循善诱，吸引着你。因此，无论是多么闹腾的顽童，还是极端刁蛮的泼妇，都能被它们降服，乖乖地听着它们的引导，潜移默化地学习做人与做事的道理。这是每一个故事都有的一颗丹心。古往今来，它就在你身边，告诉你什么是真善美，怎样做一个奉献世界和成全别人的好人。

…………

话题有点扯远了，说回咱们的牡丹。在我们中华大地上，有关牡丹的传说故事，还有好多好多。天之南，地之北，各地都有契合当地山川风物、人文历史特色的传说故事。值得注意的是，所有这些传说故事，无一例外的，全部都是对牡丹的赞扬和讴歌，没有一例批评和贬斥。善良的中国老百姓，几乎把世间一切美好的事物、所有的优点，方方面面，全部寄寓在牡丹身上，给予它们色、香、味、品德、操守、情怀、胸襟，乃至勇敢坚毅、刚正不阿、不媚皇权、宁折不弯等种种赞美；把"国色天香""花好月圆""百花之王""花开富贵"等好词，都点墨成金地给予牡丹。天涯何处无芳草，有炊烟处即有牡丹，人们把牡丹融入自己的生活，将自己对美好生活的一切向往，都寄寓在牡丹的神话传说中。正如美国作家詹姆斯所说："我们这一代最大的革命，便是发现人类能借着改变内心的态度，从而改变外在生活的各方面。"

那么，上述这些老百姓口口相传的牡丹传说故事，你公正地说：有价值吗？

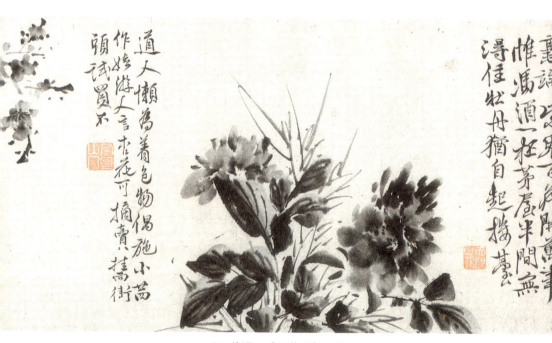

明　徐渭　《墨花图》局部

二、牡丹文学与名人故事

不奇怪，神话传说之后，接下来进入文学领域的应该就是以帝王将相和文化大家为代表的名人故事演绎。研究每个国家和民族的文化推演史都会发现，借助名人效应往往可以得到事半功倍的效果。古今一理，这个法宝今天照样还在运用。

这也是构成"中华牡丹文学"的一个重要部分，因此思忖再三，我觉得还是需要有这么一章，立此存照。

"名"这个字，在第7版《现代汉语词典》中有数解，其中第5种解释是"出名的；有名声的"，第7种解释为"占有"。把这两种解释放在一起，就有点意思了，因果因果，难道是说"出名"了就想着"占有"吗？

在封建帝王眼里，老百姓就是供他们奴役驱使的蝼蚁。即使在很多封建士大夫眼中，老百姓也是一群提不起个儿的愚氓。也许这帮人从内心深处认定，只有他们这些名人，才能与高贵的牡丹相匹配，所以纷纷把自己编进故事中。老百姓对此，倒也愿意津津乐道，因为没有"名人"的掺和，不热闹。

这当然是戏谑之语，但也的确是一部分事实。就拿牡丹来说，多少名人，尤其是封建帝王，都与之有着云谲波诡的故事。

1. 隋炀帝与牡丹

隋炀帝杨广是帝王中的"花花太岁"，嗜好搜集奇花异石，除平时派属下四处搜刮之外，还曾亲自三下江南去搜寻。

604年，他登上帝位之后，很快就派人前往东都洛阳，开辟了一个面积非常大的皇家园林，起名"西苑"。也因此，给洛阳带去了两样东西：

第一是牡丹。据史料记载，隋炀帝辟地二百里为西苑，诏天下进献鸟兽草木。其中，易州（今河北省易县）进二十箱牡丹，有赤页红、鞓红、飞来红、袁家红、醉颜红、云红、天外红、一拂黄、先春红、颤风娇等名贵品种。在皇家园林中大量地种植牡丹，隋炀帝在中国历史上开了先河。

第二是给伊阙起了一个很气派的名字——"龙门"。伊河冲出伊川后，两岸远望如门阙，故史称"伊阙"。杨广曾欲迁都洛阳以控东方，亲自从长安到洛阳考察地形，登邙山南望伊阙时，不禁喜曰："此非龙门耶？自古何因不建都于此？"身旁有大臣奉承道："自古非不知，以俟陛下。"意思是说，古人不是不知道，而是等您来建都呢。从此，"伊阙"便更名为"龙门"了。

西苑抖足了皇家园林的风范，苑内建了海渠，沿着海渠建了16个院子，分门别类种植天下奇花异草。为便于隋炀帝和嫔妃们观花，还特地修建了一座望花楼，名曰"玉凤楼"。楼高三丈三尺，长七百余丈，用上好的大青条石奠基，青砖细砌，镂空雕梁，登临此楼，颇有飘飘欲仙之感。

某一春日，风和日丽，隋炀帝携众嫔妃、太监、宫娥百余人去游西苑。登上玉凤楼，看到牡丹一片姹紫嫣红，帝心大悦。但忽然听一贵妃说："牡丹为花中之王，颜色虽好，可惜楼高，只能俯瞰，不能近观，真是辜负了这国色天香！"隋炀帝听了，觉得有理，即命花匠马上来见。

一众宫中的御用花匠跌跌撞撞地跑来了，上气不接下气之时，隋炀帝颁下旨令，命他们栽出12棵高株牡丹，要与玉凤楼台一般高，每株牡丹开花时至少开三种颜色，违命者，斩！众花匠吓坏了，连连叩头："万岁，牡丹乃灌木，最高也不过三四尺，要让它们长得同楼台一般高，实在办不到啊！"隋炀帝铁青着脸，半天不语，最后命令全国各地最有名的花匠连夜赶来洛阳，一定要群策群力，攻克难关。

各地官吏接到御令，即刻命技艺最高的花匠，星夜奔赴洛阳。其中果然有高人，有一位曹州师傅，擅长牡丹栽培。到了宫中，他提议用嫁接法嫁接牡丹，得到了其他花匠的认同，于是就和其他花匠一起做起了试验。刚开始，他们选择杏树、桃树、梨树、桑树、槐树等树种与牡丹嫁接，但都失败了。最后，他们把牡丹嫁接在高高的香椿树上，终于成功了。"香椿牡丹"昂然怒放，高过了楼台，隋炀帝看得清清楚楚，龙颜大悦，赐名为"楼台牡丹"。

隋炀帝要重奖花匠，却被一个太监贪功，硬说这"楼台牡丹"是他领头搞出来的，把赏赐的许多黄金和绸缎都独占了。那位曹州花匠气愤至极，一跺脚回了老家，发誓再也不干这一行，致使培育"楼台牡丹"的技艺失传，那楼台一般高的"楼台牡丹"也随之绝迹了。

2. 武则天与牡丹花的恩怨

一说起牡丹花，人们马上就会想到洛阳，都以为洛阳就是牡丹的故乡。但实际上，牡丹的老家是在陕西一带，洛阳牡丹是因为武则天的一次酒后施威而来的。

武则天是中国历史上唯一的女皇，可以说是前无古人后无来者。清代慈禧权倾朝野，也只能算是垂帘听政，并没有登上帝位。在中国历史上称王的女皇只有武则天，可见她的权势和地位之高。

唐朝的首都是长安，即今日陕西省会西安。有一年冬天，天气异常寒冷，武则天酒后醉意朦胧，到后花园闲逛。看到秃枝枯叶，万木凋零，心中很不快，便想让自己的后花园即使在大冬天里，也呈现出百花齐放的盛景。她下了一道懿旨："明朝游上苑，火急报春知。花须连夜发，莫待晓风吹。"

这下百花都愤懑了，这是违反天时的呀！谁不知各种花卉不仅开花的季节不同，就是开花的时辰也不一致：紫罗兰开在春天，玫瑰花从暮春一直开过整个夏天，菊花开在秋天，只有梅花不畏严寒开在冬天里；蔷薇、牵牛花、芍药是在早上开放，夜来香、昙花开在夜间……所以，要使百花服从人的意志，在同一时刻一齐开放，是旷古未闻的，但百花慑于武则天的威权，不敢不从。

老天爷也气愤不已，第二天一大早，故意下了一场纷纷扬扬的大雪，两尺厚的白雪把大地冰封得死死的。尽管如此，众花卉还是不敢违命，娇嫩的花儿们顶风冒雪，哆哆嗦嗦地绽开了花朵。一时间，后花园里赤橙黄绿青蓝紫，腾起一片烂漫的春光。武则天目睹此情此景，大笑起来，得意极了。

可是，她忽然看到在花园的正中，仍是一片焦黄的枯枝，在万花丛中显得极为刺眼。武则天的怒火就升上来了，怒气冲冲地问："这是什么花？竟敢如此大胆，公然抗命不遵！"下人小心翼翼地报告："这是牡丹，在花界有'花王'之称。"武则天更加震怒，厉声说："小小花儿，也敢称王，好大的胆子，撵出宫去！"旋即下旨，即刻将牡丹贬去洛阳。其他花都吓得瑟瑟发抖，一起替牡丹求情，而牡丹却一声不响，昂着头出了宫阙。

到洛阳后，牡丹马上生根发芽，开出了硕大美丽的花朵。武则天听到报告后，怒火中烧，下令把牡丹统统烧掉。无情的大火冲天而起，连天空都被烧红了，但见一株株牡丹在烈火中痛苦地呻吟、挣扎……据说这场大火一连烧了七七四十九天。大火熄灭后不久，人们惊奇地发现，被烧的牡丹虽然枝干都已焦黑，但那重新盛开的花朵却更加璀璨夺目，从此，牡丹里又增添了一个新品种——"焦骨牡丹"。

信然！我见过这高傲的"焦骨牡丹"。那是20世纪90年代，陕西一位画家到北京办牡丹画展，但见阔大的展厅内花头攒动，色彩斑斓，一片片绚烂的花云、一朵朵灵动的大花，活色生香，满堂生辉。忽然在一处，出现了几幅墨色牡丹，那是我第一次见到完全着黑墨的牡丹，不禁愣住了。一旁，画家给我讲起了"焦骨牡丹"的来历……

世界上的花儿万万千，南方北方，温带热带，各种奇花异卉当中，很难说谁最美丽。所以我的理解是：人们喜爱牡丹花，绝不仅仅喜欢其美丽的外表，而是更喜欢它们对皇权霸凌绝不低头的品格。一身凛然正气的牡丹在众花之中脱颖而出，被尊为"百花之王"。

3. 临夏紫斑牡丹与杨贵妃

临夏回族自治州位于黄河上游、甘肃省中部西南面，古称"河州"，是中华文明的重要起源地之一，是中国新石器文化最集中、考古发掘最多的地区之一，马家窑文化、齐家文化、半山文化等星罗棋布。因为临夏处于黄土高原向青藏高原的过渡带，气候宜人，四季分明，所以早在一千多年前，牡丹就已绽放在那片大地上，有了"好牡丹出河州"的说法，临夏也有了"小洛阳"的美誉。

牡丹在临夏被称为"百两金""富贵花"，名冠神州的品种，

明　徐渭　《牡丹蕉石图》

如魏紫、姚黄、梨花雪、粉西施、佛头青、朱砂红、二乔、绿蝴蝶、酒醉杨妃等，在临夏年年都盛开不败。"紫斑牡丹"因其花瓣基部有明显的紫斑而得名，是临夏的独绝品种。基本花色有红、白、紫、黄等多种，能高达两米，花大盈尺，端庄艳丽，一簇簇大花朵犹如花伞撑开，须抬头仰视才能一饱眼福，而且花香浓烈袭人，甜美沁心，实为牡丹花中珍品。俗话说，"花中珍品，人中凤凰"，花以人贵，人借花名，人花互鉴，相得益彰，因此就有了杨贵妃与临夏紫斑牡丹的传说。

本来杨贵妃就很喜欢牡丹，甚至带起了宫廷内对牡丹的重视，在兴庆宫、骊山行宫等处，栽植红、紫、浅红、通白等各色各种名贵牡丹。每年一到花初开，杨贵妃就带着众宫女游赏花间，如醉如痴。唐玄宗李隆基到了开元盛世之后，沉湎于奢华与享乐之中，对杨玉环千般宠爱于一身，使得"姊妹弟兄皆列土，可怜光彩生门户。遂令天下父母心，不重生男重生女"。一人得道，鸡犬升天。据王仁裕《开元天宝遗事》记载："杨国忠初因贵妃专宠，上赐以木芍药数本，植于家，国忠以百宝妆饰栏楯，虽帝宫之内不可及也。"由是，带起了社会上的崇尚风气，一时人们欣赏牡丹成风，"花开时节动京城"，"京城（长安）贵游，尚牡丹三十余年矣。每春暮车马若狂，以不耽玩为耻"……就连大诗人李白也写了《清平调词三首》，直接把杨贵妃比作牡丹，其中这样写道：

云想衣裳花想容，春风拂槛露华浓。

若非群玉山头见，会向瑶台月下逢。

于是，杨贵妃也就当仁不让地以牡丹自诩，成为疯狂痴迷牡丹的"牡丹控"。宫廷内广植各地进贡来的牡丹，但这完全不能令她满足，她不断派人四处搜寻，每当听说哪里有新奇的佳品牡丹，便让唐玄宗携她去那里欣赏。如此，上有所好，下必甚焉，全大唐争先恐后掀起了种植和培育牡丹的热潮。

杨贵妃闻知临夏牡丹种类繁多，便要唐玄宗带她去临夏一游。暮春时节，翠华摇摇，唐玄宗与杨贵妃带着大队人马驾临临夏。地方官员早早迎候在路旁，并且专门开辟了一条欣赏牡丹的"御道"。临夏牡丹果然出众，但见一株株、一丛丛、一簇簇、一片片，遍地皆花色，盛开如云霞，团团朵朵，花面人面，雍容华贵，仪态万方。喜得杨贵妃忘情于牡丹丛中，也令唐玄宗龙颜大悦。都说杨贵妃是胖美人，当她徒步来到一丛紫红牡丹前，已经是香汗淋漓，那汗珠裹着胭脂粉滴落在牡丹叶片与枝梗上，霎时给牡丹花添了三分颜色、九分神采。第二年，那丛沾染了杨贵妃脂粉的牡丹，花瓣基部生出了美艳的紫色斑点，成就了临夏"紫斑牡丹"的传说。

值得一说的是，临夏生活着回族、汉族、东乡族、保安族、撒拉族等40多个民族，人们虽有着不同的宗教信仰、不同的生活习惯，却都同样地热爱种植牡丹。

4. 欧阳修写出我国现存最早的花卉谱录《洛阳牡丹记》

欧阳修，号醉翁，晚号六一居士，出生于绵州（今四川绵阳），吉州庐陵永丰（今江西省吉安市永丰县）人，是北宋著名的政治家、文学家，唐宋八大家之一。在我国凡是受过九年义务制教育的，谁人不识欧阳修？谁人不知道《醉翁亭记》？中学语文课本里收录了此文，而每一位负责任的语文老师，都会要求学生将它背得滚瓜烂熟。欧阳修在牡丹推广上也曾起过大作用，却是很少有人知道的。

当年在洛阳做推官时，欧阳修发现了"洛阳之俗，大抵好花。春时城中无贵贱，皆插花，虽负担者亦然。花开时，士庶竞为游遨"。当时的洛阳城，无论官院还是民家，都种植牡丹，家家以此为荣。欧阳修大为感叹，于是抽时间走访民间，将牡丹的栽培历史、品种花色、命名原则、管理技术、育花环节、防病方法及风俗民情等，进行了详细全面的研究，最后写出了《洛阳牡丹记》。该书记载了在宋代时，洛阳已成为全国牡丹的栽培中心，乃至于在洛阳城里，"至牡丹则不名，直曰花"，不仅表现出洛阳人对牡丹的宠爱，也把他们认为的"只有牡丹才真正可以称作花"的傲娇心态，表达得淋漓尽致。

欧阳修的《洛阳牡丹记》是我国现存最早的花卉谱录，本是一部植物学著作，但大文学家就是与众不同，其书写方式突破了传统的体例，体现出宋代文化人的创新精神，在诸多领域均有开创之功。当时的一代文化名人钱惟演、梅尧臣、司马光、邵雍等都对此书赞不绝口，洛阳各界更是欢欣不已。

因着《洛阳牡丹记》的贡献，民间甚至产生了关于欧阳修的种种传说：一说他曾有两年春天因为有事，错过了在洛阳赏花的天时，到了第三年，牡丹仙子主动上门，带他梦游了8个花园，还问他哪个花园的花最漂亮。欧阳修回答说第八个，而那正是洛阳。梦醒之后，欧阳修心心念念，特意举办了一场牡丹评选会，请另外7个花园——延州、青州、越州、陈州、亳州、曹州、丹州的花师来评选最佳。经过反复筛选，他们最终一致认为，还是洛阳牡丹拔得头筹。欧阳修随即又赋题画诗《洛阳牡丹图》一首："洛阳地脉花最宜，牡丹尤为天下奇……"

第二个传说更为神奇，在今天看来简直就是一幕小剧场的舞台剧：宋仁宗天圣九年（1031年）三月，欧阳修来到洛阳，在朋友家的牡丹园里赏花，当晚住在该园中。入夜，他借着一轮明月，见园内牡丹花盛开，姹紫嫣红，流光溢彩，真是美不胜收，随即拿起洞箫，吹起了唐代诗人李贺的《牡丹种曲》：

莲枝未长秦蘅老，走马驮金蒯春草。

水灌香泥却月盆，一夜绿房迎白晓。

美人醉语园中烟，晚华已散蝶又阑。

梁王老去罗衣在，拂袖风吹蜀国弦。

归霞帔拖蜀帐昏，嫣红落粉罢承恩。

檀郎谢女眠何处，楼台月明燕夜语。

随着洞箫声响，欧阳修模模糊糊地看到，有十几位仙子在花丛中往来穿梭，翩翩起舞。他感到吃惊，洞箫从手中滑落，顿时曲终舞停，但见诸位仙子落落大方，一齐走上前来，向他拜谢："谢欧阳推官为我们伴乐。"

欧阳修定睛细观，是十几个盛服艳装的女子齐刷刷地站在他的面前。他惊疑地问："你们都是谁家女子？为何一齐来谢我呢？"

那排头一位身穿黄衣的仙子施了一礼，回话说："我们都是牡丹仙子，最爱听《牡丹种曲》，所以特来向欧阳推官致谢。"

欧阳修听了，顿时喜出望外地说："明日钱留守举办牡丹盛会，今夜我能先见诸位仙子，真是今生之大幸也。我有心要写《洛阳牡丹记》，但不知诸位仙子的尊姓芳名？"

那位排头的仙子说："谢推官厚意。说起我们的名字啊，那可是多得很哪，请听我们一一报来。"

众姐妹先指着排头那位唱道：

占魁先数姚黄，

富贵端严体像，

佳号名曰花王，

万卉千葩仰望，

……

　　欧阳修惊奇地说："哦，原来您就是花王姚黄啊，不愧为牡丹中的极品，果真是高贵端庄。"

　　众仙子转过头来，又拥着一位身着紫色衣服的仙子唱道：

魏红千叶芬芳，

消得花妃名项，

鞓红色耀日光，

平头浅紫相向，

……

　　欧阳修高兴地赞道："啊，您是花后魏紫，与花王合称'洛阳牡丹双璧'是也。"

　　此时，花王姚黄就站出来介绍别的仙子了：

珍奇复有牛黄，

细叶寿安迟放，

金棱玉板最香，

倒晕檀心高尚，

……

　　欧阳修一听，便都明白了，一一说："这位是牛黄仙子，这位是寿安仙子，这位是玉板仙子，这位是檀心仙子。"

接着，花后魏紫又指着另一排仙子，唱道：

潜溪绯色艳妆，

九蕊真珠奇状，

鹤翎红欲舞翔，

鹿胎花发异样，

……

欧阳修惊喜极了，赞道："好啊，你们都来了，这位是潜溪绯仙子，这位是九蕊真珠仙子，这位是鹤翎红仙子，这位鹿胎花仙子……"

牡丹仙子们争报花名，欧阳修仔细听着，一一记下。直到夜半时分，众仙子方才散去。至此成就了欧阳修《洛阳牡丹记》的传世经典。

5. 纪晓岚巧对牡丹联

纪昀，字晓岚，官至礼部尚书、协办大学士、太子少保。这位清代大才子因为电视剧的缘故，在今天几乎无人不晓。他的晚年名著《阅微草堂笔记》中，有一篇写到牡丹：

外祖雪峰张公家，牡丹盛开。家奴李桂，夜见二女凭阑立。其一曰："月色殊佳。"其一曰："此间绝少此

清　恽寿平　《牡丹》

花，惟佟氏园与此数株耳。"桂知是狐，掷片瓦击之，忽
不见。俄而砖石乱飞，窗棂皆损。雪峰公自往视之，拱手
曰："赏花韵事，步月雅人，奈何与小人较量，致杀风
景？"语讫寂然。公叹曰："此狐不俗。"

纪昀还有一则与牡丹的故事：有一天，纪晓岚到交河齐桥，看
望他心中思念的恩师及孺爱先生。谈话间，纪晓岚说起家中从洛阳
买回来几株牡丹，眼下正是牡丹盛开时节："先生如果眼疾痊愈了
该有多好，您可以到崔尔庄走走，看看家里的这几株牡丹，开得有
多么娇艳！"

及孺爱先生微合着双眼，朗声说："多谢你的好意。说到牡
丹，我倒想起一个联来，我就考你一考？"

纪晓岚恭恭敬敬地回答："请先生赐教。"

及孺爱先生张口道："我这是个上联：盲人看牡丹，心中富
贵。"

纪晓岚想了想，对恩师低吟道："哑巴念《左传》，腹内《春
秋》。"

及孺爱先生听了，高兴地拍着纪晓岚的肩膀，赞道："好对
联！对得好！你的学识大有长进，我心里太高兴了！你要好好用功
读书，努力成为国家栋梁之材，为社稷，去做贡献……"

纪晓岚听了恩师的鼓励，越发用功了。

6. 爱牡丹者众矣

宋代周敦颐在《爱莲说》中说，"自李唐来，世人甚爱牡丹"。清代袁枚在《随园诗话》中说，"牡丹诗最难出色"。

自唐以降，爱牡丹、写牡丹者多矣，可以说，描写牡丹的诗词歌赋盛开在每位文化人的生命旅程中，也留香在我国文学宝库中。虽然"最难出色"，但还是有不少好诗文令今天的我们感叹不已，自愧不如。

比如唐元和年间的政治家、官至宰相的舒元舆，曾写出中国文学史上第一篇《牡丹赋》。后世将牡丹推为"国色天香""花中之王""富贵吉祥"，都与这篇赋有关。

还有唐代文学家、哲学家，有着"诗豪"之称的刘禹锡，恰好是洛阳人，又曾任太子宾客，当然对洛阳牡丹情有独钟，写过许多赞美牡丹的诗。其中以一首《赏牡丹》驰名天下，诗曰："庭前芍药妖无格，池上芙蕖净少情。唯有牡丹真国色，花开时节动京城。"这首诗同他的《陋室铭》一样，成为时不时被引用的千古名篇。

还有宋代周师厚，是仁宗皇祐五年（1053年）进士，后官至荆湖南路转运判官，是名臣范仲淹的侄女婿。他为后人留下的《洛阳牡丹记》《洛阳花木记》二书，写有牡丹100多种、芍药40多种、杂花80多种等，还载有四时变接法、接花法、栽花法、打剥花法等，被后人评价为："记述颇为详尽，也颇得要领。"

宋代大诗人陆游也很喜爱牡丹，他在四川做官时，每逢牡丹盛开，都要去彭县的丹景山赏牡丹。后来他还写了一本《天彭牡丹谱》，称"牡丹在中州，洛阳为第一。在蜀，天彭为第一"。

还有一位不是太出名，但为官清廉、深得民心的卞济之参政公，也值得写上一笔。这位卞公是苏州人，为官一向清正廉洁，深得民心。南宋末年，金兵入侵，南宋败亡，卞公不甘为金人效力，遂辞官隐居在今盐城便仓，并从洛阳携带红、白牡丹二株，栽植于庭院。据《盐城县志》和《卞氏家谱》记载：卞氏始祖向取二色牡丹之意，而在植花明志。取其红者，以示报国赤诚忠心；取其白者，以示为官清正廉洁。因春季含苞待放时，枯干还未发芽，故这种牡丹被称作"枯枝牡丹"，成为牡丹花中的一个名品。

此事还有后续，相传，卞公嫡孙卞元亨，跟随张士诚起兵反元，被朱元璋打败后退隐家乡。途中，元亨丢失马鞭，遇一花鹿口衔一枯枝，跪倒马前。元亨取其枯枝，策马而归，至盐城便仓家院，插枯枝于地。不久，枯枝竟然抽枝发芽，后来长成"枯枝牡丹"。此花奇异处甚多：其一是花瓣能应历法增减，农历闰年十三个月，花开十三瓣；平年十二个月，花则开十二瓣。其二每年都是谷雨前后三日开花，花信准确无误。其三更堪称奇，该花颇具灵性，似乎能审时度势，严冬季节二度放花，枯枝无叶，唯花独秀。相传明太祖知卞元亨文武双全，三请其而不出，于是大怒，颁旨将元亨充军。卞元亨告别家乡时，对自家庭院里的牡丹说"待我南还花再开"。1403年，元亨得赦归来，满园枯枝牡丹重放异彩，令他感慨万千，写下《戍归》一首和《咏牡丹》二首。其中《咏牡丹》（其一）这样写道："牡丹本是亲手栽，十度春风九不开。多少繁华零落尽，一枝犹待主人来。"

从宋末至今已七百多年，历经朝代更替，沧桑巨变，枯枝牡丹屡经战火摧残，却始终不败，且越开越旺，与琼花、并蒂莲一道被誉为"江苏三绝"。盐城早已建成枯枝牡丹园，并每年举办一次"枯枝牡丹节"，年接待游客二十万人次以上。张爱萍将军曾为该园题写楹联："海水三千丈，牡丹七百年。"

7. 外国人亦爱牡丹

关于牡丹与名人的故事，最后还要说到的竟然是一位大名鼎鼎的外国人——英国生物学家、进化论的奠基者达尔文。他曾对中国牡丹的演化过程做了认真的研究，并把中国人工培育牡丹的例证写入他的巨著《物种起源》里，作为其"生物进化论"学说的论据。

真是想不到啊，我们了不起的中国牡丹！

8. "牡丹审美"与"家国情怀"

我年轻的时候，对"名人效应"不太以为然，名人不也是人嘛，用不着大惊小怪，所以我一直秉持着"人人平等"的理念，从未去追逐过谁。当然，我从内心深处钦佩的名人也有很多，但主要是读他们的书，学他们的做人，远远地看着他们，像他们一样生活，努力地修炼和提高自己。

现在我承认，名人确非一般人，确是具有"名人效应"的。比如，那年我们北京东城作协和东城图书馆联手打造的"与名家面对面"文学讲座，讲座者的社会名气越大，来听讲座的读者就越多，这是不争的事实。而有些特别有水平的学者，包括在世界上都很受尊敬的大家，却因为在社会上的世俗名声不够彰显而冷了场，即便我再大声疾呼也没用——张爱玲说"出名要趁早"，原来她早就洞见到了。

"名人效应"也真是有用，很多事可以借助名人完成和传播，比如说牡丹。本节我所引述的这些名人与牡丹的传说，让我觉得有如下意义：

第一，帝王后妃们的参与提高了牡丹的地位，使它们不再只是远在江湖的民间草花，也居了庙堂之高，成为宫廷的贵宠。"回眸一笑百媚生，六宫粉黛无颜色"，这也可成为对牡丹的极好形容吧？"市列珠玑，户盈罗绮，竞豪奢"，这也是对牡丹的恰当比喻吧？上行而下效，这些帝王后妃们对牡丹在全中国的大规模种植与普及，起到引领风尚的作用。

第二，文人的到场建立起了中国的"牡丹文化"，诗、词、歌、赋、艺，最优秀的诗人、画家和各界大师、艺人，基本上都有颂咏牡丹之作，为历史留下了浩如烟海的作品，丰富了中华文化宝库。举目环视，除了牡丹，似乎没有第二种花卉可以与之媲美。

第三，我还愿意把牡丹唤作"同心花"。你看，牡丹兴盛的一千多年来，历朝历代，人神共赏，上下同赞，牡丹成了"国色天香"的代名词。统治阶级和劳动大众，在别的问题上尖锐对立，但在对牡丹的肯定上面，可以说是百分之百的一致。

第四，世人对牡丹的审美也出奇地一致。好比人类都赞美高山日出，都歌咏大漠孤烟，都吟赏飞流瀑布，都感叹大河落日一样，人们也都喜爱牡丹。虽说杨贵妃眼中的牡丹与纪晓岚心中的牡丹完全不是一回事，杨贵妃以牡丹的美艳自比，纪晓岚以牡丹的盛开励志，但不能否认的是，牡丹对于他们来说，都是美的。

当然，面对帝王将相的"牡丹美"和文人士大夫的"牡丹美"，我是一定要取后者而舍前者的。中国古代文人虽然也以读书获取功名而致仕，但自古形成了"家国情怀"的优良传统，倡导"居庙堂之高则忧其民，处江湖之远则忧其君"，"先天下之忧而忧，后天下之乐而乐"。即使不科举、不做官的，也躬行"耕读传家久，诗书继世长"，在乡村一边自己耕读，一边教化和引导农民，在中国乡村起着文化支柱的作用。也可以说，他们就是中华大地上处处盛开的牡丹！

三、牡丹诗达到了辉煌的高峰

如果说唐诗是大唐历史的代言人，那么"牡丹诗"就是大唐诗集里的一篇代表作。

那么，大唐一共诞生了多少歌唱牡丹的诗呢？有多少名家参与其中了呢？

以盛唐牡丹诗为代表的中华牡丹诗，其高度和深度，以及社会意义在哪里？

1. 大唐的牡丹诗和诗人

从唐朝起，中国正式开启了牡丹文化时代，牡丹诗也是从唐朝开始辉煌起来的。如果只有牡丹而无牡丹诗，大唐即使再无比辉煌，也会淹灭在历史的长河里；如果没有牡丹诗，唐诗也就瞬间失去了半壁光辉。可否做如下判断：如果说唐诗是大唐历史的代言人，那么牡丹诗就是大唐诗集里的一篇代表作？

那么，大唐一共诞生了多少歌唱牡丹的诗呢？

在我那赭红色的书柜里，最上边几格全部是中国古典诗词。从

清　恽寿平　《牡丹图》（扇面）

《诗经》到《清诗精选》，皆是中华传统文化瑰宝。

我曾最先盯住《诗经》，但作为中国历史上赫赫煌煌的第一部诗歌总集，诗三百，却找不到"牡丹"二字。与《诗经》并称"风骚"的《楚辞》，香草成阵，亦难找到"牡丹"的影子。汉魏六朝，竹梅松菊，缈不知"牡丹"之所在。唯从唐诗开始，牡丹千章，淑清扬芬，蔚然成风。

说到唐诗与牡丹，你大概会想，我应该先说李白。李白有《清平调词三首》，他的"云想衣裳花想容"处在大唐牡丹诗的金字塔顶，也是人们最熟悉的牡丹诗之一。但我并不打算这样做，原因有二。其一，李白的《清平调词三首》属于命题作文，其中有多少感情纠结，我想放在后边说；其二，我还想把李白与白居易、杜甫放到最后一起说。为什么呢？杜甫是中国的"诗圣"，曾经写过"三吏"、"三别"和《登高》等著名诗章，但这位诗圣居然没有为牡丹写过一句诗。我想到后边与诸贤一起探讨其中缘由。

2. "诗佛"王维居然也有牡丹心

先说"诗佛"王维。王维号称诗佛，名声很大，地位很高，世人差不多都会背诵他的五绝《相思》："红豆生南国，春来发几枝。愿君多采撷，此物最相思。"但很少有人知道，王维也写过一首《红牡丹》：

绿艳闲且静，红衣浅复深。

花心愁欲断，春色岂知心。

这似乎让人有一点想不通：如果是号称"崔鸳鸯"的崔珏，或者是号称"杜紫薇"的杜牧，再或是号称"郑鹧鸪"的郑谷，让他们写牡丹，也许更符合他们的性情和人格。王维是人们公认的"诗佛"，以恬淡之诗名盛于开元、天宝。与道友裴迪浮舟往来，弹琴赋诗，啸咏终日。晚年笃于奉佛，长斋禅诵。词秀调雅，意新理惬，在泉为珠，著壁成绘。苏轼亦云，王摩诘诗中有画，画中有诗也。就是这样一个王维，他应该写一些清静无为、自然脱俗的事物，写一些安静的诗，比如，写白莲、黄菊、流泉、松柏、奇石、清竹，写"大漠孤烟"，写"长河落日"……牡丹是一个热闹富贵的意象，虽然被称为"花中之王"，却也是一个"俗主"。王维为什么也会落入"俗"套，诗赋牡丹呢？贺贻孙在《诗筏》中说："诗中之洁，独推摩诘。"如此清净如水的一个人，也有红尘的纷扰吗？

是的，佛也有情。佛并不存在于无情世界，佛从来都活跃在有情世界中。王维不是个无情文人，他在写《相思》时，年已过半百，他的《相思》还有一个题目：《江上赠李龟年》。从诗题上看，诗是写给诗友李龟年的，表达了他对李龟年的思念之意，但其中却饱含着他对亡妻的怀念之情。31岁时，爱妻去世，他苦守孤庐，没有像苏轼一样写过"十年生死两茫茫"，但这个一贯以含蓄手法表达情感的诗人，以红豆寄托他对亡妻的思念。

　　如此有情有义的一个诗人，在大唐繁荣强盛的氛围中，在牡丹代表着大唐繁荣的场景里，他即使再恬静淡泊，也不可能不表达他对大唐的赞美。细细品读《红牡丹》，王维也仅是托名牡丹，以花心喻人心，抒写性情，抒写性灵。他的感情是复杂的，其中还多了一层对家国社稷的忧念。他在写《红牡丹》的时候，已经五十多岁了，居住在辋川别墅里，安静、悠闲，但这些只是表面现象。虽然幽居，但王维内心并不能平静。特别是经过安史之乱，大唐已经显出颓相，诗人王维不能不忧心如焚。然而，一个远离了政治的诗人，他对国家社稷的忧思之心，"春风"能够知道吗？自是"花心愁欲断，春色岂知心"。

　　大唐之所以如此辉煌，就是因为大唐有一众忧国忧民的文人贤臣，如柳宗元、李商隐者，他们对国家是"进亦忧，退亦忧"，为国尽忠，为民尽责，"春蚕到死丝方尽，蜡炬成灰泪始干"。也许"春色"还真能够体谅这些爱国家爱社稷的臣民之"心"，听取和接受臣民的"心"声，体察臣民的"心"迹。比如天宝十五载（756年），安禄山攻占长安，王维来不及逃出，被安禄山俘获，拘禁在洛阳普施寺，被迫做了伪官。当听说安禄山在凝碧池上召集梨园子弟奏乐开宴的消息后，他写出了《菩提寺禁裴迪来相看说逆贼等凝碧池上作音乐供奉人等举声便一时泪下私成口号诵示裴迪》这样一首诗："万户伤心生野烟，百僚何日更朝天。秋槐叶落空宫里，凝碧池头奏管弦。"安史之乱平复后，大唐收复了两都，凡是被安禄山俘虏的官员，都给予了轻重不等的处罚。王维之"罪"本当处斩，但他不但没获罪，还继续做官，还一直做到尚书右丞，其原因当然有王维的弟弟王缙在皇帝面前极力保护哥哥，但最主要的还是唐肃宗看到了王维那首诗，看到了他在暴乱中还能忧念朝政的"心"。

人们都说王维是诗佛，有佛心。要我说，诗佛王维还有一颗"牡丹心"。

如果换了别的诗人，也许我不会想那么多。比如刘禹锡，他就写了一首《赏牡丹》：

庭前芍药妖无格，池上芙蕖净少情。
唯有牡丹真国色，花开时节动京城。

就是因为刘禹锡的"唯有牡丹真国色"，奠定了牡丹的"国色"地位。刘禹锡写牡丹似乎是理所应当的，他毕竟是个"诗豪"。"诗豪"可以把笔墨涂到天地间各个角落，去触摸人世间乃至自然界的任何情感与物象，去深入研究大唐的社会、政治、经济、文化、民情、风俗。这一首牡丹诗看上去不像在写大唐的繁荣昌盛，好像单单在写牡丹，但其实写出了一个辉煌的大唐。只有"大唐之色"才配得上"牡丹之色"。如果是在殷末、周末、汉末、隋末，还会有"国色"吗？还会有"牡丹之色"吗？如果用"牡丹之色"来形容这些将要落幕的"国色"，谁也不会觉得般配吧？

还有李贺，人称"诗鬼"。他的称号似乎有一点狰狞，但是这个"诗鬼"也写牡丹，而且写得让人肃然起敬。那就让我们静静地坐在月光下，读一读他的《牡丹种曲》吧：

> 莲枝未长秦蘅老，走马驮金劚春草。
>
> 水灌香泥却月盆，一夜绿房迎白晓。
>
> 美人醉语园中烟，晚华已散蝶又阑。
>
> 梁王老去罗衣在，拂袖风吹蜀国弦。
>
> 归霞帔拖蜀帐昏，嫣红落粉罢承恩。
>
> 檀郎谢女眠何处，楼台月明燕夜语。

李贺以丰富的想象力、奇诡的构思和新颖的语言，把人们带进了牡丹幽奇神秘的意境，凌驾于大自然之上，营造出出人意料的艺术境界，不但形成了自己独特的风格，也为表现牡丹打开了一个殊异的窗口。当然，无论怎么写牡丹，李贺写牡丹也是很自然的事情，因为时代需要，大唐需要，牡丹需要。

3. 大唐似乎人人都会作诗

喜欢写牡丹的诗人，不仅有王维，也不仅有刘禹锡和李贺，行走在大唐的锦绣江山里，几乎所有诗人都喜欢笔诵牡丹。韩愈、杜荀鹤、罗隐、司空图、李商隐、贺知章、王昌龄、孟郊、王勃、贾岛、朱庆馀、张祜、卢纶、王建、裴士淹、柳浑、岑参、窦巩、李益、范元凯、武元衡、权德舆、令狐楚、徐凝……

一众诗人，仿佛不吟诵牡丹，便会失去大唐诗人的身份。大唐写牡丹的诗人摩肩接踵，大唐的牡丹诗也波澜壮阔，渲染出一幅何其恢宏的盛唐文化图景。

虽然排列了如此壮大的诗人队伍，但大唐牡丹诗的宏阔阵势还远远没有呈现出来。大唐最繁盛时期，牡丹诗歌大振，即使寻常百姓，即使妇女、奴仆，也都在学写牡丹诗。

女诗人自然就涌现出来了，甚至还形成了一支颇有阵势的女性诗人群体。比如，据《诗筱》记载，李季兰有"诗豪"之誉，薛涛有"校书"之称。鱼玄机、徐月英各有诗集印行，步非烟和崔仲容并骈俪词。女子无不以写牡丹诗显示身价，如写《新妆诗》的杨炯的侄女杨容华、写《夫下第》的杜羔的妻子赵氏、写《送男左贬诗》的林氏、写《咏破帘》的乔氏、写《赠外》的魏氏、写《明月堂》的刘氏妇、写《和潘雍》的葛氏女、写《早梅》的刘元载妻、写《寄诗》的李主簿姬、写《题兴元明珠亭》的京兆女子、写《题玉泉溪》的湘驿女子、写《奉和麟德殿宴百僚应制》的鲍君徽、写《虚池驿题屏风》的宜芬公主、写《夜梦》的萧妃、写《题三乡诗》的若耶溪女子……还有元稹夫人裴柔之、吉中孚妻张夫人，也都诗名远播。进士孟昌期妻孙氏，经常为夫君代笔。宋若莘、宋若昭、宋若伦、宋若宪、宋若荀五姊妹"慧美能文"，在德宗时被尊称为"学士"；宋若昭在穆宗、敬宗、文宗三朝被尊称为"先生"。还有葛鸦儿、薛媛、关盼盼、崔莺莺、姚月华、李节度姬、崔素娥、鲍家四弦，以及光、威、裒姊妹三人，都有诗作。不用说男性诗人有多少，单是如此壮观的女性诗人队伍，也足以照亮牡丹铺开的大唐天宇了！

至于奴仆，如咸阳郭氏的家童，专事捧剑，也会作诗。还传说有一名7岁女童，曾被武后召见，令其赋《送兄》诗，她竟应声而就："别路云初起，离亭叶正飞。所嗟人异雁，不作一行归。"

在大唐，流行的风气是人人学作诗，就像今天人人都在用手机一样吗？

4. 温庭筠与鱼玄机，元稹与薛涛，都是有故事的人

说到牡丹与大唐诗人，不得不提的是温庭筠和鱼玄机，这是一对有故事的男女。

温庭筠毕竟不负温家姓字，把诗写得温婉精妙，唯其可称"花间"神，唯其是"婉约"宗，唯其称得大唐"温飞卿"——温诗婉约，故事更婉约，若无温庭筠，皇皇大唐或许就缺少了点婉约。"飞卿"是温庭筠的字，鱼玄机最喜欢称他"飞卿"，这不仅是鱼玄机对温庭筠这个老师的尊重，也是她对老师的倾慕，更有一种爱意蕴含其中。

在中国文学史上，温庭筠被称为一个有才华的诗人、写诗的天才，与李商隐并称"温李"，与韦庄并称"温韦"。但温庭筠生性放诞，恃才不羁，常常以诗讥刺权贵，因此上流社会对他很不满，所以他多次考试都没有金榜题名，以至于终生不得志。就是这个"生性放诞"的人，却对鱼玄机怜爱有加。

　　鱼玄机原名叫鱼幼微，生于京城长安，自小才气过人，7岁时便能写诗，才名远播。不幸的是，鱼幼微10岁丧父，不得不随母亲回老家鄠杜。老家虽然近在京郊，但毕竟是乡野荒村，鱼幼微生活得异常艰难。温庭筠听说7岁的鱼幼微才华出众，便去鄠杜寻访，鱼幼微即兴写了一首《赋得江边柳》，把温庭筠惊得目瞪口呆。温老师从此认了鱼幼微做弟子，教她读书和作诗，生活上也给了这个学生无微不至的关怀，师生之间常常以诗相和。比如温庭筠写了一首《鄠杜郊居》："槿篱芳援近樵家，垄麦青青一径斜。寂寞游人寒食后，夜来风雨送梨花。"鱼玄机以《夏日山居》相和："移得仙居此地来，花丛自遍不曾栽。庭前亚树张衣桁，坐上新泉泛酒杯。轩槛暗传深竹径，绮罗长拥乱书堆。闲乘画舫吟明月，信任轻风吹却回。"这是何等的师生情啊！难怪长成豆蔻少女的鱼幼微情窦初开，就爱上了这位才子老师。然而，温庭筠却在爱的春雨中不动声色。

　　后来，温庭筠走了。鱼幼微把所有的思念都写成了诗，且不说《愁思》《秋怨》《暮春有感寄友人》，单是一首《冬夜寄温飞卿》读起来就让人阵阵揪心："苦思搜诗灯下吟，不眠长夜怕寒衾。满庭木叶愁风起，透幌纱窗惜月沈。疏散未闲终遂愿，盛衰空见本来心。幽栖莫定梧桐处，暮雀啾啾空绕林。"如果前边称他是"温飞卿"，后来就直呼"飞卿"了。《寄飞卿》："阶砌乱蛩鸣，庭柯烟露清。月中邻乐响，楼上远山明。珍簟凉风著，瑶琴寄恨生。嵇君懒书札，底物慰秋情。"这情感应该是怎

清　高凤翰　《设色牡丹图》

样的一种递嬗啊！

其实，温庭筠并没有忘记鱼幼微，他在思念中写了《春日野行》给鱼幼微："骑马踏烟莎，青春奈怨何。蝶翎朝粉尽，鸦背夕阳多。柳艳欺芳带，山愁萦翠蛾。别情无处说，方寸是星河。"

他怕她受苦，便把她托付给了朋友李亿。李亿，字子安，状元及第，官授补阙，家业豪富。鱼幼微做了李亿的妾，也算有了个归宿。但李妻裴氏却不容，李亿只好送鱼幼微到长安咸宜观暂时存身。谁知自此之后，鱼幼微就再也见不到李亿了。她又把对李亿的思念写成了一首首诗，先是《赠邻女》："羞日遮罗袖，愁春懒起妆。易求无价宝，难得有心郎。枕上潜垂泪，花间暗断肠。自能窥宋玉，何必恨王昌。"继而《春情寄子安》："山路欹斜石磴危，不愁行苦苦相思。冰销远涧怜清韵，雪远寒峰想玉姿。莫听凡歌春病酒，休招闲客夜贪棋。如松匪石盟长在，比翼连襟会肯迟。虽恨独行冬尽日，终期相见月圆时。别君何物堪持赠，泪落晴光一首诗。"《隔汉江寄子安》："江南江北愁望，相思相忆空吟。鸳鸯暖卧沙浦，鸂鶒闲飞橘林。烟里歌声隐隐，渡头月色沉沉。含情咫尺千里，况听家家远砧。"《江陵愁望寄子安》："枫叶千枝复万枝，江桥掩映暮帆迟。忆君心似西江水，日夜东流无歇时。"《寄子安》："醉别千卮不浣愁，离肠百结解无由。蕙兰销歇归春圃，杨柳东西绊客舟。聚散已悲云不定，恩情须学水长流。有花时节知难遇，未肯厌厌醉玉楼。"《酬李学士寄簟》："珍簟新铺翡翠楼，泓澄玉水记方流。唯应云扇情相似，同向银床恨早秋。"《情

书寄李子安》：“饮冰食檗志无功，晋水壶关在梦中。秦镜欲分愁
堕鹊，舜琴将弄怨飞鸿。井边桐叶鸣秋雨，窗下银灯暗晓风。书信
茫茫何处问，持竿尽日碧江空。”……

温飞卿不见了，李亿也没有了踪影。鱼幼微便自号鱼玄机，
做了女道士。无限愁思化作一腔《闺怨》：“蘼芜盈手泣斜晖，闻
道邻家夫婿归。别日南鸿才北去，今朝北雁又南飞。春来秋去相思
在，秋去春来信息稀。扃闭朱门人不到，砧声何事透罗帏。”

鱼玄机写诗写到自己痛哭，直到哭成一首绝命诗《句》，其中
有：“绮陌春望远，瑶徽春兴多。殷勤不得语，红泪一双流。”

鱼玄机泪洒刑场时，温老师来了，匆匆地，但是晚了。

至于那个李亿，不说他也罢，官越大，心肠越硬。

温庭筠与鱼玄机，两个有故事的人，一对苦命人儿，也没有忘
记写牡丹。鱼幼微曾经写过一首《卖残牡丹》：

临风兴叹落花频，芳意潜消又一春。

应为价高人不问，却缘香甚蝶难亲。

红英只称生宫里，翠叶那堪染路尘。

及至移根上林苑，王孙方恨买无因。

温庭筠则写了《夜看牡丹》：“高低深浅一阑红，把火殷勤
绕露丛。希逸近来成懒病，不能容易向春风。”还不尽兴，又写了
《牡丹二首》：

轻阴隔翠帏，宿雨泣晴晖。

醉后佳期在，歌余旧意非。

蝶繁经粉住，蜂重抱香归。

莫惜薰炉夜，因风到舞衣。

水漾晴红压叠波，晓来金粉覆庭莎。

裁成艳思偏应巧，分得春光最数多。

欲绽似含双靥笑，正繁疑有一声歌。

华堂客散帘垂地，想凭阑干敛翠蛾。

　　提到温庭筠和鱼玄机，难免会让人想起元稹和薛涛。元稹长相俊朗，才华横溢，"曾经沧海难为水，除却巫山不是云"，是元稹为亡妻韦丛写的悼亡诗，无人不道元稹情真。然而，元稹先是辜负了表妹崔莺莺，娶了三品大员的女儿韦丛为妻，后来又弃薛涛的感情于沟渠，若不是接受了牡丹作为物情的救赎，若不是牡丹的情愫濡染与浸润，他不会一口气写出《牡丹二首》《与杨十二李三早入永寿寺看牡丹》《赠李十二牡丹花片因以饯行》。真是盛唐啊！不管是什么心情，不管抒发的是怎样的感情，都忘不了拿牡丹说事。让我们读一读元稹的《西明寺牡丹》吧：

花向琉璃地上生，光风炫转紫云英。

自从天女盘中见，直至今朝眼更明。

话说回来，如果没有元稹的无情无义，也许不会有流芳百世的薛涛笺？当他们热恋时，元稹以松花纸赠诗寄薛涛，薛涛则自制了一种十色彩笺以还，被后人称为"薛涛笺"。但后来，风流的元稹丢下薛涛一去不回头，很快投入名妓刘采春的怀抱。可怜薛涛这个诗才之高可与唐朝众多杰出男性诗人比肩的乐伎，曾与白居易、张籍、王建、刘禹锡、杜牧、张祜等都有唱和交往的女诗人，最终没有等来心心念念的爱情，在成都西郊浣花溪旁孤老终身。

如果你同情这个才高八斗、红颜薄命的女诗人，就请读一读她的《牡丹》诗吧：

去春零落暮春时，泪湿红笺怨别离。

常恐便同巫峡散，因何重有武陵期。

传情每向馨香得，不语还应彼此知。

只欲栏边安枕席，夜深闲共说相思。

5. 李白"不著一字，尽得风流"

关于诗仙李白，除了《清平调词三首》之外，他没有再以牡丹为题材写过一首诗词。即使是《清平调词三首》，也仅是他奉命而作的诗词。纵然受命，三首诗里也并无"牡丹"二字。这就是李白，傲然的李白，不同凡响的李白。李白毕竟是诗仙，他把"牡丹"二字隐在了文字的后面。

> 云想衣裳花想容，春风拂槛露华浓。
> 若非群玉山头见，会向瑶台月下逢。

> 一枝秾艳露凝香，云雨巫山枉断肠。
> 借问汉宫谁得似，可怜飞燕倚新妆。

> 名花倾国两相欢，长得君王带笑看。
> 解释春风无限恨，沉香亭北倚阑干。

李白的牡丹诗，看上去没有"牡丹"二字，却是歌咏牡丹的千古绝唱，其光芒掩盖了唐以来吟咏牡丹的所有诗词和文章。虽故意不写出"牡丹"二字，却把牡丹写成绝唱，乃真正的"不著一字，尽得风流"。

李白写下这《清平调词三首》时，是一个明月皎皎之夜，时值上林苑牡丹花盛开，唐玄宗挽着杨贵妃至沉香亭夜赏牡丹。当时有艺人李龟年手执檀板唱曲助兴，唐玄宗听着听着，脸色就不好了，不耐烦地说："名花正开，贵妃夜赏，怎能总是一部老曲，一个腔调？"于是，便命李龟年持金花笺，传李白作新诗。李白当时宿醉尚未醒就被侍卫官连劝带哄架到了沉香亭畔。于是，醉意朦胧的李白承诏运笔，草成了流芳千古的《清平调词三首》。

真是一位"诗仙"！把牡丹、贵妃、明月、盛唐时代糅合在一起，把人面、花容、月色浑融在三首短诗中，句句娇艳，字字珠玑，盖世旖旎，风光绝伦。

唐玄宗拿到《清平调词三首》后，大喜，极其满意，立刻让李龟年谱曲演唱。一众艺人奏响了丝弦管乐，李龟年展喉放歌，把《清平调词三首》一个字一个字嵌入檀板中。这哪儿是在唱牡丹，分明是在赞美杨贵妃貌美如牡丹，把她高兴得在沉香亭舞起来，轻取琥珀七宝杯，满斟了西凉美酒一饮而尽。美景，美诗，美酒，美人，把一个盛唐推向了历史的高峰……

小屋中夜，月色皎然。李太白的《清平调词三首》依然在耳畔回响。屋子里安静异常，何叔水画的牡丹，在月光下摇曳生姿。

虽然是在帝王的威迫之下，虽然酒醉未醒，李白还是把牡丹写到了绝色的高度。这就是李白，无愧"诗仙"的称号。

6. 白居易的文化担当

到此，我们该说说白居易了。不说白居易，缺了这位世称"诗魔"的伟大诗人，大唐似乎就少了富丽辉煌，牡丹便失去了国色天香。

白居易不但有"诗魔"之称，还有"诗王"之誉，所以凡盛唐有的辉煌，白居易笔下必定都有。牡丹既然是大唐的徽章，就应该是白居易歌颂的对象。

不过，白居易也太热爱牡丹了，用今天的语言来说，简直就是个"牡丹粉"，甚至可以说是一个"牡丹狂"。数一数他写了多少牡丹诗：《惜牡丹花二首》《秋题牡丹丛》《白牡丹》《移牡丹栽》《看恽家牡丹花戏赠李二十》《西明寺牡丹花时忆元九》《牡丹芳》……白居易的牡丹诗真有如江河滔滔，一泻千里。当然，我在这里说的还只是以牡丹为题的诗篇，如果列出白香山诗缝中夹带的牡丹或"天香"或"国色"，比如《秦中吟十首·伤宅》有"绕廊紫藤架，夹砌红药栏。攀枝摘樱桃，带花移牡丹"，比如《秦中吟十首·买花》说"帝城春欲暮，喧喧车马度。共道牡丹时，相随买花去"，若连篇累牍地粘到这里，恐怕读起来会把人累坏了呢。可以说，大唐爱牡丹、爱写牡丹的诗人，白居易数第一。

让我们举例，看看他的《惜牡丹花二首》之一："惆怅阶前红牡丹，晚来唯有两枝残。明朝风起应吹尽，夜惜衰红把火看。"害怕牡丹开到天明残花落尽，点着灯火夜看牡丹，真是爱牡丹、惜牡丹之心达到顶峰了。

在这里，我还想再推荐白居易的《牡丹芳》：

牡丹芳，牡丹芳，黄金蕊绽红玉房。

千片赤英霞烂烂，百枝绛点灯煌煌。

照地初开锦绣段，当风不结兰麝囊。

仙人琪树白无色，王母桃花小不香。

宿露轻盈泛紫艳，朝阳照耀生红光。

红紫二色间深浅，向背万态随低昂。

映叶多情隐羞面，卧丛无力含醉妆。

低娇笑容疑掩口，凝思怨人如断肠。

秾姿贵彩信奇绝，杂卉乱花无比方。

石竹金钱何细碎，芙蓉芍药苦寻常。

遂使王公与卿士，游花冠盖日相望。

廘车软舆贵公主，香衫细马豪家郎。

卫公宅静闭东院，西明寺深开北廊。

戏蝶双舞看人久，残莺一声春日长。

共愁日照芳难驻，仍张帷幕垂阴凉。

花开花落二十日，一城之人皆若狂。

三代以还文胜质，人心重华不重实。

重华直至牡丹芳，其来有渐非今日。

元和天子忧农桑，恤下动天天降祥。

去岁嘉禾生九穗，田中寂寞无人至。

今年瑞麦分两歧，君心独喜无人知。

无人知，可叹息。

我愿暂求造化力，减却牡丹妖艳色。

少回卿士爱花心，同似吾君忧稼穑。

　　白居易怎么了？说着牡丹好，半夜三更都要点着烛火看牡丹，怎么一下子又说"少回卿士爱花心，同似吾君忧稼穑"了呢？怎么就来了"讽喻"呢？

夏前去後每云仍衣白
山人衣紫僭富貴间
宜作麈尾打將圆裹
悟有能 御題

但羡陈花缀折枝示叟
長尊尚芳難畫家别藏
時庶須諸為鳴驟人紉佩
御題

清 邹一桂 《牡丹兰蕙图》

讽也好，颂也好，这可真不亚于《琵琶引》，不低于《长恨歌》，更不亚于《缭绫》《卖炭翁》。这是白居易对牡丹及大唐牡丹文化的异见。

异见很激烈，却绝非攻击，也不是敌意。异见并非想泯灭牡丹，也并非想灭绝大唐。这正是白居易对自己所在的社稷江山的爱惜。没有异见，便没有人芟除大唐辉煌之路上的荆棘；没有异见，便没有人剪除大唐辉煌天空的云翳。

这就是白居易，这就是伟大诗人的担当。

7. 杜甫为何无一句牡丹诗

在大唐牡丹诗人群里，只有杜甫是一个例外。《全唐诗》900卷，其中有杜诗18卷，但翻遍这18卷诗作，居然不见"牡丹"二字。周敦颐说："牡丹之爱，宜乎众矣！"难道牡丹不宜为杜甫所爱吗？难道牡丹不曾感染过这位端谨严肃的杜工部吗？

那么，杜甫为什么不写牡丹呢？难道他只能写"无边落木萧萧下，不尽长江滚滚来"那样坚硬的诗吗？不对呀，他老人家不是也写过"三月三日天气新，长安水边多丽人。态浓意远淑且真，肌理细腻骨肉匀。绣罗衣裳照暮春，蹙金孔雀银麒麟"这样娇美的文字吗？

然而这并不是一个谜，并不需要我们费猜。老杜不是不爱牡丹，老杜也不是不爱大唐。相反，他是太爱惜他生活的那个朝代了——多么繁荣的一个大唐！多么富丽的一个大唐啊！他不希望这繁荣、这富丽转瞬即逝，徒留后人空悲叹。

杜工部看到的不光是鲜艳的牡丹，他看到的更是牡丹的背后。杜甫是一位社会责任感极强的现实主义诗人，他没有心绪写诗赞叹牡丹，他知道，那种浅薄的赞叹是在折损牡丹，是在催生人间灾难和悲剧。你看他写《丽人行》，"态浓意远淑且真，肌理细腻骨肉匀。绣罗衣裳照暮春，蹙金孔雀银麒麟"，也并非在简单赞颂，其实是在揭示其背后的隐忧。他最伤感的是"国破山河在"，他最担心的是"国破"之后连"山河"也不在的悲惨。

盛唐上上下下爱牡丹，是不是爱得有点忘乎所以了呢？是不是太疯狂了？诗人王建在《闲说》一诗中说："桃花百叶不成春，鹤寿千年也未神。秦陇州缘鹦鹉贵，王侯家为牡丹贫。"这是多么可怕的"爱"啊！

说来，诗人、作家、文艺工作者的责任，并不只是为时代唱赞歌，而更是要看到鲜花背后的风雨雷电，告诉世人山雨欲来风满楼，应该未雨绸缪，防患于未然。如果把盛世的花轿颠得太高，只怕摔下去的时候会摔得更痛。

我私自猜想，或许这就是杜甫未曾写过牡丹的一个重要原因？这就是杜甫，这就是"诗圣"！君不见杜甫笔下，多是"三吏""三别"，是《兵车行》，是《哀江头》，是浓得化不开的沉郁。只是在那个时候，不知有没有人说他是在唱衰盛唐？帽子古今皆有，然而事实却证明，盛唐是老杜最爱、最心疼的时期，他是在用诗的精神维护大唐，在用诗的意识修复大唐。

这就是"圣"杜甫！这才是"圣"杜甫！杜甫身上奔流不息的，总是他自己"即事名篇，无复依傍"的诗格与精神。

同杜甫一样，大唐的很多诗人写牡丹，不是在无谓地逢迎奉唱，颂歌声声。比如王维《红牡丹》中的"花心愁欲断，春色岂知心"，也是忧在其中的。

白居易和元稹这一对好诗友，更是杜甫诗学精神的同盟，他们写了那么多颂牡丹诗，却没有一首是醉到迷离不知西东的诗，也无一首不讽喻，无一篇不规箴。诚如前人所言："白乐天自爱其讽喻诗，言激而意质。"

李太白写《清平调词三首》是命题作文，是在酒醉未醒之时，被人扶着、抬着、挟持着，无奈中落笔为之的。后人只觉得"云想衣裳花想容，春风拂槛露华浓""一枝秾艳露凝香""名花倾国两相欢，长得君王带笑看"好得不得了，可是，那"云雨巫山枉断肠"是什么意思呢？那"可怜飞燕倚新妆"是什么意思呢？那"解释春风无限恨，沉香亭北倚阑干"又是什么意思呢？其中有没有警意深深？我在这里还想追问一句，除了《清平调词三首》，谁还见过李白写的其他牡丹诗词？即使《清平调词三首》，里面也并无"牡丹"二字，可见李白就是李白，不仅才高，而且思深。诚如日本学者近藤元粹、古人谢叠山等一众评论者所言：李太白"清便宛转，别自成风调"，"褒美中以寓箴规之意"。此乃所谓，"盛唐人者，有血痕无墨痕"。

　　好一个"有血痕无墨痕"，寥寥六个字背后，寄予着多少不能言说的深意！所以，我们在解读牡丹与大唐的关系时，亦应该注重理解和崇敬李白、杜甫、白居易，他们三位不愧为唐代最伟大的诗人！

四、牡丹词耸立起第二座高峰

这些伟大的诗人词人，仅仅用几十个字，甚至几个字，就能把牡丹，把整个世界的万物万象都包揽其中，这样的诗词，只有中华文化做到了。

说完了牡丹诗，咱们重点再来说牡丹词。为什么要用"重点"二字？这首先是因为在中国的牡丹文学中，继唐诗之后，宋代的牡丹词又耸立起第二座高峰，其文学水准不亚于唐诗，值得大书一笔。其次也跟我个人的喜好有关，在诗与词中，我个人更偏好词，尤其醉心于"豪放派"的宋词。

牡丹词也能写出英雄豪放气概吗？

1. 宋人以词说牡丹，但情调和格局不再阔大

春末初夏，一个白云舒卷的下午，太阳从云缝中有意无意地钻进又钻出，我站在17层楼的落地窗前，抚栏远眺，目之所及全是高楼，一栋又一栋，如岗如陵，如山如阜，遥望过去，有一点峰回路

转、山路迢迢的样子。

抬头仰视，如坐井观天，蓝幽幽地亮着一小片天空，任由白云飞渡。低头俯瞰，楼下像深渊一般，绿树成荫，也如碧水深潭，时见锦水回澜。西斜的太阳把那胭脂色的光紧紧贴在楼顶上，仿佛一松手，就要跌下山的样子。

因为新冠疫情，宅在家里不能出门，我便捧起心仪的宋词，坐在窗前阅读。忽然发现窗前的小茶几上，琉璃花瓶里的牡丹开花了，那是朋友前几天寄来的一枝牡丹蓓蕾，今天绽开了两朵艳红的花。赶紧捧起喷壶，往花上喷一点清水，它便莹露点点，更妩媚娇艳，又落落大方，显示出一派心怀天下的王者器度。

牡丹之王，非帝王之王，更非山大王之王。它不愿做天子，并不想"普天之下，莫非王土"，虽然被称为"花中之王"，却只拥有王者风度而无王的霸气。它乃王化之王，以它的雍容大度、温柔和芳菲，与庶花共处共荣。

守着这美丽的小景，伴着牡丹的富丽，一读宋人写牡丹的词，更别有一番滋味。不过我知道，想要理解宋词和牡丹，还要先回顾一下宋朝的社会经济和文化背景。

宋朝是中国历朝历代中农作物单位面积产量最高、科技创新成果最多、经济最发达、文化最繁荣、人民生活水平最高的鼎盛朝代。著名史学家陈寅恪曾言："华夏民族之文化，历数千载之演进，造极于赵宋之世。"

宋朝上承五代十国，下启元朝，根据首都及疆域的变迁，又分北宋与南宋，合称两宋。宋太祖建国时，为避免重现唐安史之乱、藩镇割据和宦官乱政的悲剧，遂采取"重内轻外"和"重文抑武"的国家政策，因此宋朝内部安定而少有内乱，也推动了经济发展与文化繁荣，但也因此导致兵力积弱。北宋社会经济发达，国富民强，其矛盾主要是统治阶级内部的争斗，所以北宋词相对来说比较和缓，关于城市繁华与农村闲定的写照较多，比较尖锐的作品表达的一般是个人仕途的坎坷和将士戍边的艰辛等。

南宋词的主调是国恨家仇无以报，因为不敌北方外敌，北宋亡了国，生灵涂炭，连两位皇帝都被掠走成为俘虏。但南宋小朝廷偏安一隅，并不想雪耻复国，这就与岳飞、辛弃疾、文天祥等一众爱国将领产生了根本矛盾。这些人空有爱国心，但收复失地的愿望无以实现，很多时候只能以诗词抒发自己内心的悲愤，所以这一大批词作的感情和内涵就强烈和深刻得多，描写的内容也扩大到整个社会生活层面，是广大人民愤懑情绪的代言，因而也更能引起后来者的共鸣。

宋人以词说牡丹，但情调和格局不再阔大，以豪放与婉约糅合的宋词小令为主。

2. 遗憾了，苏东坡没有牡丹词

翻开《全宋词》，无须说，必须先找苏轼。

苏东坡的大半辈子，几乎都是在贬官与流放中度过的。苏东坡的境界高远，无论是显在庙堂，还是困于江湖，他心中所念的都不是一己功名，而是社稷江山与经国大业。套用今天的话说，他的写作动机总在乾坤，总在天下。有如此胸怀的苏东坡，给我们留下了"大江东去，浪淘尽，千古风流人物""明月几时有，把酒问青天""一蓑烟雨任平生""老夫聊发少年狂""休将白发唱黄鸡"等千古名句，尽扫晚唐及五代以后萎靡不振的词风，将传统诗词的写作推到空前绝后的高水准。我本想，这样一位大词人，一定会有极好的牡丹词给我们欣赏。

然而，让我完全没想到的是，东坡先生竟从没写过一首牡丹词。倒是写过几首牡丹诗，不妨拿来看看，或可一窥东坡先生对牡丹的斑斓情怀。他在雨中看了一回牡丹，也许是带雨的牡丹别有风骨，勾起了他的无限心事，居然一口气写下了《雨中看牡丹三首》。

其一

雾雨不成点，映空疑有无。

时于花上见，的皪走明珠。

秀色洗红粉，暗香生雪肤。

黄昏更萧瑟，头重欲相扶。

其二

明日雨当止，晨光在松枝。

清寒入花骨，肃肃初自持。

午景发浓艳，一笑当及时。

清 邹一桂 《玉堂富贵图》

依然暮还敛，亦自惜幽姿。

其三

幽姿不可惜，后日东风起。

酒醒何所见，金粉抱青子。

千花与百草，共尽无妍鄙。

未忍污泥沙，牛酥煎落蕊。

东坡先生让我们赏足了雨中牡丹，但他自己却似乎还未尽兴，提笔又写了一首《雨中明庆赏牡丹》："霏霏雨露作清妍，烁烁明灯照欲然。明日春阴花未老，故应未忍著酥煎。"他依然还没有尽兴，于是又写了《三萼牡丹》："风雨何年别，留真向此邦。至今遗恨在，巧过不成双。"

能读到东坡先生这么多牡丹诗，应该是欣慰的，但我还是觉得有点遗憾。前面说过，在诗与词之间，我更偏爱后者。我感觉，诗一般为外向型姿态，而词则显示内在性质多一些，是抒发个人感慨的绝好介质。想想，如果苏东坡也有"明月几时有"那样高妙的牡丹词，该有多好！

3. 辛弃疾的牡丹词夹杂着悲酸

接着读辛词。辛弃疾的词大概可以弥补我们在苏词中没有读到牡丹的遗憾吧？我也是一个不折不扣的"辛粉"，能背得辛弃疾的许多辞章，最喜欢的名句有"把吴钩看了，栏杆拍遍，无人会，登临意""醉里挑灯看剑，梦回吹角连营""千古江山，英雄无觅，孙仲谋处""千古兴亡多少事？悠悠，不尽长江滚滚流"……

可惜这位爱国志士也是生不逢时，在偏安一隅的南宋小朝廷里，由于屡屡请战抗金，42岁就被免官，只能闲居在乡下，暗自"揾英雄泪"，写一些《清平乐·村居》的小词："茅檐低小。溪上青青草。醉里蛮音相媚好。白发谁家翁媪。大儿锄豆溪东。中儿正织鸡笼。最喜小儿亡赖，溪头卧剥莲蓬。"

不过话说回来，英雄就是英雄，辛弃疾一辈子都是英雄。在抒写个人生命体验的许多诗词作品里，辛弃疾将豪放楔入婉约中，将婉约糅合在豪放中，纵横开阖，收放自如。比如《清平乐·博山道中即事》："柳边飞鞚。露湿征衣重。宿鹭惊窥沙影动。应有鱼虾入梦。一川淡月疏星。浣纱人影娉婷。笑背行人归去，门前稚子啼声。"再比如《鹊桥仙·送祐之归浮梁》："小窗风雨，从今便忆，中夜笑谈清软。啼鸦衰柳自无聊，更管得、离人肠断。　　诗书事业，青毡犹在，头上貂蝉会见。莫贪风月卧江湖，道日近、长安路远。"还有《清平乐·独宿博山王氏庵》："绕床饥鼠。蝙蝠翻灯舞。屋上松风吹急雨。破纸窗间自语。平生塞北江南。归来华发苍颜。布被秋宵梦觉，眼前万里江山。"这样的境界，不正是中国传统文化精神的薪火相传吗？

打开辛词小辑，居然有牡丹词十余首。值得一提的是，有一个"辛弃疾三填牡丹词"的故事。某一年，辛弃疾的朋友良显家的

牡丹花开了。这花很不一般，一株就绽放出一百多朵花，真是满株
云霞，美艳无比。良显请辛弃疾去观赏牡丹，其实是想请他为这株
奇异的牡丹填一首词。辛弃疾观赏之后盛赞，真的填了一首《鹧鸪
天·祝良显家牡丹一本百朵》：

> 占断雕栏只一株。春风费尽几工夫。天香夜染衣犹
> 湿，国色朝酣酒未苏。　　娇欲语，巧相扶。不妨老干自
> 扶疏。恰如翠幕高堂上，来看红衫百子图。

辛弃疾把词填好之后，兴致勃勃地拿给良显看。不料后者却很
冷淡地把词放在一边，摇摇头说："不好！不好！"

辛弃疾左看看，右看看，呵呵赔着笑问："请问哪里不好？"

良显说："稼轩兄你大名鼎鼎，写过那么著名的《破阵子·为
陈同甫赋壮语以寄》：'醉里挑灯看剑，梦回吹角连营。八百里分
麾下炙，五十弦翻塞外声。沙场秋点兵。　　马作的卢飞快，弓如
霹雳弦惊。了却君王天下事，赢得生前身后名。可怜白发生。'不
光我念得滚瓜烂熟，连我儿子也能倒背如流，就是我刚刚学会走路
的小孙儿，也会喊'马作的卢飞快，马作的卢飞快'，谁敢说稼轩
兄的词写得不好？不过，我家这株牡丹一下子就开了上百朵花，又
香艳又奇葩，你却一句也没说如何好，是我招惹你了吗？"

辛弃疾恍然大悟，原来良显的期望值如此之高，是想让自己也
为他写一首像《破阵子》一样人人称颂的大词啊！可是要写出一篇

好诗词的因素太多了，除了作者的学识、才学、境遇、精神状态等主观因素之外，有时客观因素也许更重要，所谓"神来之笔"也。就说这首《破阵子》吧，实在是激愤和慨然之笔，想自己一生追求富国强兵、收复失地，可惜在一心苟且偷安的小朝廷中，完全无法施展抱负，真是……唉！

辛弃疾无奈地摇摇头，只好答应再作一首，并且写下了题目：《鹧鸪天·赋牡丹，主人以谤花索赋解嘲》。一个"谤花"，一个"索赋"，一个"解嘲"，把二次填写牡丹词的原因说了个清楚。看着老朋友如此不讲理，一副得理不饶人的样子，辛弃疾只有一笑，填入一点开玩笑的成分吧，用"解嘲"化解开来。他俯身案前，略一沉吟，"唰唰唰"笔走龙蛇，又一首来了：

翠盖牙签几百株。杨家姊妹夜游初。五花结队香如雾，一朵倾城醉未苏。　　闲小立，困相扶。夜来风雨有情无。愁红惨绿今宵看，却似吴宫教阵图。

不过，这回主人还未开口，他自己就先不满意了。特别是"愁红惨绿""困相扶""夜来风雨"等句，有点太沉郁困顿了不是？你是来给人家贺喜的、赞美的、捧场的，可不是来抒发自己内心的郁闷之气的。他轻轻摇了摇头，深深吸了一口气，尽量调节自己的心情，让自己开心起来，山不转水转，兵不刃花开，既然不让关心国事，那咱们只好寄情山水、风花雪月吧。他再度审视那株百朵牡丹，似乎有了新的发现，但见那百朵花，各自激情洋溢，都在奋发向上，展示自己蓬勃的生命力：有的勃然奋励，力拔头筹；有的傲然挺立，孤傲群雄；有的向天伸展，似与云彩媲美；有的暗暗吐蕊，放出浓香……一花一世界，百花更是一个热热闹闹的大世界了。辛弃疾不禁有点动容了，思忖再三，又填了一首《鹧鸪天·再赋》：

浓紫深红一画图。中间更著玉盘盂。先栽翡翠装成盖，更点胭脂染透酥。　　香潋滟，锦模糊。主人长得醉工夫。莫携弄玉栏边去，羞得花枝一朵无。

这个"再赋"可不是随便写的，而是他对自己第二次填词的否定，还主动对良显说："这回不是你要我写的，是我自己要写的……"

这故事太好了，一填再填，一赋再赋，三次填词的过程，不仅是辛弃疾对牡丹花的唱吟与赞颂，也不仅是他对朋友的尊重与珍视，我还更愿把它看作一次文学创作的升华——哪怕是名家巨擘，哪怕是千古流芳的大词人辛弃疾，在诗词面前，在文字面前，在文学面前，也必须以满盈的生命相灌注，否则就采撷不到春天的神韵。

在辛弃疾众多的牡丹辞章中，我最喜欢的是《满江红·稼轩居士花下与郑使君惜别醉赋，侍者飞卿奉命书》：

折尽荼蘼，尚留得、一分春色。还记取、青梅如弹，共伊同摘。少日对花昏醉梦，而今醒眼看风月。恨牡丹、笑我倚东风，形如雪。　　人渐远，君休说。榆荚阵，菖蒲叶。算不因风雨，只因鹍鹋。老冉冉兮花共柳，是栖栖者蜂和蝶。也不因、春去有闲愁，因离别。

读这首词，自然会让我想起岳飞那首让人热血沸腾的《满江红》中的"莫等闲、白了少年头，空悲切""壮志饥餐胡虏肉，笑谈渴饮匈奴血"，何等气壮山河！而这里的"恨牡丹、笑我倚东风，形如雪"，其中又有多少感慨，夹杂着多少壮志未酬的悲酸，足以让人咀嚼千古。

4. 欧阳修与张孝祥，谁的牡丹词好

宋朝的词家亦是创造了历史的，写过牡丹词的也如星汉灿烂，比如李之仪、晁补之、毛滂、赵长卿、叶梦得、范成大、张先、贺铸等，也有"千金未足酬真赏，一度相看一断肠"那样的佳句留下。但我忽然就恓惶起来了，感叹自己可真是才既疏，学更浅！这几位词人的牡丹词，我不但都没读过，而且除了范成大以外，其他词人的名字都没听过。我们这一代人，少年失学，完全不像季羡林先生亲口跟我说起过的，他五六岁时就已经会背很多古诗文了，那一代人是有童子功的，我没有。

我学习古典诗词，正式开始于大学时代。不过课程进行得太快，还没背会几首《诗经》呢，《楚辞》就来了。等我花大功夫把《离骚》《山鬼》背下来之后，唐诗宋词的汪洋大海又涌来了。何况还有别的课程呢，古代汉语、现代汉语、现代文学、当代文学、音韵学、训诂学、文艺理论、外国文学、英语、党史、马列、体育……哪儿有那么多时间背诗词啊？

不过近年来我越来越认识到，不具备中国古典文学的底蕴，就搞不好当今的文学创作——笔下没有"神"的话，既写不出力量，也写不出光彩。

所幸，下面这几位宋代词人，还算是"老相识"。

第一位是北宋著名政治家、文学家，大名鼎鼎的欧阳修。他的《醉翁亭记》基本上为国人所知。他领导了北宋诗文革新运动，继承并发展了韩愈的古文理论，其散文创作的成就与其古文理论相辅相成，开创了一代文风。然而我个人认为，欧阳修的确是文章圣手，可他的词却十分婉约，灵秀柔和有余，磅礴大气不足。比如他的《阮郎归》："南园春早踏青时。风和闻马嘶。青梅如豆柳如眉。日长蝴蝶飞。　　花露重，草烟低。人家帘幕垂。秋千慵困解罗衣，画梁双燕栖。"这首词写春天的景色，秀丽是秀丽，闲适亦闲适，可惜没什么分量，所以我到现在也没背下来。

第二位是我十分敬仰的张孝祥。我早就是一枚"张粉"，这是有原因的。张孝祥是南宋著名词人、书法家，自小即有"神童"之誉，22岁参加廷试时被宋高宗亲擢为"进士第一"。他有强烈的爱国情怀和正义感，被称作"忠愤诗人"，曾上书为岳飞辩冤，但却因此得罪了秦桧及其党羽，多次遭弹劾。我最喜读的是他的《念奴娇·过洞庭》，婉约洁净而又高旷坦荡。词曰：

洞庭青草，近中秋、更无一点风色。玉鉴琼田三万顷，著我扁舟一叶。素月分辉，明河共影，表里俱澄澈。悠然心会，妙处难与君说。　应念岭海经年，孤光自照，肝肺皆冰雪。短发萧骚襟袖冷，稳泛沧浪空阔。尽吸西江，细斟北斗，万象为宾客。扣舷独笑，不知今夕何夕。

这是何等光明磊落的胸襟啊，身逢浑世、浊世、离乱世，朝廷黑暗、官场黑暗、社会黑暗，国恨家仇不得报，满腔悲愤无处说，只能到大自然中去抒发胸中块垒，表明自己高洁的志向。看着似乎一片澄明淡然，其实在"更无一点风色"的静水背后，是一副多么痛苦的仰天长啸身躯……后来我把自己的这些体悟写进一篇散文里，发表在《文艺报》上，还引来一件轶事：唐达成先生看到拙文，也在他的文章里引用了张孝祥的这首冰雪词，并用其中两句作了一副对联，即"肝胆皆冰雪，表里俱澄澈"。这也是他的夫子自道。唐达成先生除了是作协领导，本身亦是著名文艺理论家。记得我刚做文学编辑时，组长让我编校一篇署名为"唐挚"的文章，我读后问组长："唐挚是谁？这文章写得可真棒。"原来"唐挚"就

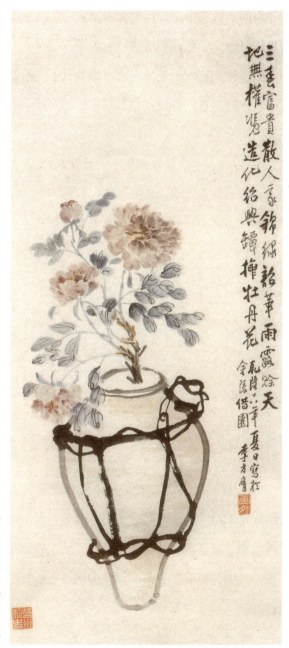

三春富贵散人家，锦绣韶华雨露赊天。
地无权凭造化绍兴鐔揮牡丹花。

金陵借园夏日写怀
李方膺

清　李方膺　《牡丹图》

是当时中国作协的唐达成书记。后来我也请人写了书法条幅"肝胆皆冰雪，表里俱澄澈"，挂在书房里以明志。

话说回到张孝祥，这样一位冰雪般澄澈的君子，他是怎样看待牡丹的呢？请看他的两首牡丹词：

《踏莎行·长沙牡丹花极小，戏作此词，
并以二枝为伯承、钦夫诸兄一觞之荐》

洛下根株，江南栽种。天香国色千金重。花边三阁建康春，风前十里扬州梦。　油壁轻车，青丝短鞚。看花日日催宾从。而今何许定王城，一枝且为邻翁送。

《诉衷情·牡丹》

乱红深紫过群芳。初欲减春光。花王自有标格，尘外锁韶阳。　留国艳，问仙乡。自天香。翠帷遮日，红烛通宵，与醉千场。

好一个"花王自有标格"，依然是一派君子的高洁神态！好一句"而今何许定王城"，依然是念念不忘收复祖国山河的忠愤之问！即使柔柔弱弱、富富贵贵的牡丹花，在我所崇敬的张孝祥先生笔下，也都是"忠愤气填膺，有泪如倾"的同道与战友！

5. 晏几道和刘克庄的故事

还有两位我"认识"的宋朝词人——晏几道和刘克庄，因为有故事，也在这里简单说一下吧。

晏几道是北宋大词人晏殊的第七子，重要的婉约派词家，自幼文才出众，早年即成名，工于言情，其小令语言清丽，感情深挚，尤负盛名。词风似其父而造诣过之，有《小山词》留世。

晏殊去世后，家道中落，然晏几道不改孤傲性情。其有两件事为人们所津津乐道：一是大观元年（1107年），权倾天下的奸相蔡京几次派人请晏几道写词，无奈之下，他写了两首《鹧鸪天》，竟然没有一句言及蔡京，一个绝佳的拍马求官的机会就这样流逝了。"不识时务"的晏几道不慕权势，从不利用父亲的势力谋取功名，因而仕途很不得意，一生只做过颍昌府许田镇监等小吏。

第二件事是宋哲宗元祐初年，晏几道词名盛传于京师，苏轼曾请黄庭坚转达期望结识之意，谁知晏几道竟回答"今政事堂中半吾家旧客，亦未暇见也"，把大名人苏东坡拒之门外，可见他不受世俗约束的天性，可见他的性格是多么的有棱有角。

然而《唐宋词一百首》中收了晏殊的两首小词，却无一首晏几道的，可见还是不太看好他。也是，晏殊有名词名句，一说"无可奈何花落去"，任谁都会接上"似曾相识燕归来"。晏几道却没有，而且他的词写男情女爱、离愁别恨，境界不高，格局不大，因此即使语言再新丽，也还是逃不过一个"小"字。比如他这首《碧牡丹》就相当典型："翠袖疏纨扇。凉叶催归燕。一夜西风，几处伤高怀远。细菊枝头，开嫩香还遍。月痕依旧庭院。　　事何限。怅望秋意晚。离人鬓华将换。静忆天涯，路比此情犹短。试约鸾笺，传素期良愿。南云应有新雁。"像"静忆天涯，路比此情犹短"，句子虽佳妙，用情亦深婉，然而却很难引起广泛的社会共鸣。

另一位刘克庄，在南宋后期号称"一代文宗"，乃宋末文坛领袖，是辛派词人的重要代表，词风豪迈慷慨。胡适说他"有悲壮的感情、高尚的见解、伟大的才气"。我年轻时会背刘克庄的词，至今还会冲口背出他的名句，如"算事业、须由人做""天下英雄，使君与操，余子谁堪共酒杯""披衣起，但凄凉感旧，慷慨生哀"……这些带豪迈气的句子，正对我的胃口，让我觉得热血在周身滚动。

但刘克庄的长词很难背，个人觉得结构有点碎，语言有点涩，句子与句子之间缺乏逻辑，不太粘连，颇有点像二流选手，跑起来气喘吁吁的。而词宗辛弃疾，无论长词小令，每一首都那么明晓流畅，并无什么高古的生僻字，多是生活中的大白话，然而却运用得那么恰切，那么漂亮，衔接得那么天衣无缝，还充满感时恨世的家国情怀和人生哲理。辛弃疾到底是辛弃疾。游国恩在《中国文学史讲义》中曾经指出，刘克庄词风上明显受到辛弃疾的影响，具有爱国思想倾向，同时进一步把词推向散文化、议论化；在语言上较少婉约词派的雕琢习气，又带来了恣肆粗犷的作风。但他没有辛弃疾那样的政治抱负与战斗经历，那么他的词也就不及辛词精练，这就不能不消弱了作品打动人心的力量。

刘克庄下面这一首牡丹词，很能印证其字碎句涩的特点。

《六州歌头·客赠牡丹》

维摩病起，兀坐等枯株。清晨里，谁来问，是文殊。遣名姝。夺尽群花色，浴才出，醒初解，千万态，娇无力，困相扶。绝代佳人，不入金张室，却访吾庐。对茶铛禅榻，笑杀此翁臞。珠髻金壶。始消渠。　忆承平日，繁华事，修成谱，写成图。奇绝甚，欧公记，蔡公书。古来无。一自京华隔，问姚魏、竟何如。多应是，彩云散，劫灰余。野鹿衔将花去，休回首、河洛丘墟。漫伤春吊古，梦绕汉唐都。歌罢欷歔。

好在他的《昭君怨·牡丹》是首好词，是一首以牡丹寄情的爱国主义词作，写的是昔日富贵万千、置身在王侯园圃中的牡丹，自亡国后，沦落在敌人的铁蹄之下，只能与荆榛狐兔相伴，委婉地表达出不能收复中州的悲愤与无奈。请看：

《昭君怨·牡丹》

曾看洛阳旧谱。只许姚黄独步。若比广陵花，太亏他。　旧日王侯园圃。今日荆榛狐兔。君莫说中州。怕花愁。

6. 我最推崇的还是豪放派。不过，婉约也可夹着人神共鸣的大气

因为篇幅原因，宋朝的牡丹词即使还有一片汪洋大海，这里也只能说这么几位代表人物了。没办法，实在是中华诗词太灿烂，中华诗人太辉煌！

不过意犹未尽，我还想议论几句，我最推崇的还是豪放派。

有一回，一群老老少少文友们都在场，一位书法家为大家写字。轮到我了，问我要什么。我不假思索，脱口而出："生当作人杰，死亦为鬼雄……"

众人皆惊讶，乱纷纷叫道："韩小蕙你怎么搞的，干嘛专要这一首，换换吧！"

我明白，他们的潜台词是这首太男性化了，不适合你们女人呀。一位大姐也赶忙出来给我打圆场："依我看还是换'昨夜雨疏风骤'吧，回头用淡青色绫子裱上，挂在你那客厅里，好看得很。"

我不换，虽然我也心醉"帘卷西风，人比黄花瘦""才下眉头，却上心头""梧桐更兼细雨，到黄昏、点点滴滴"这些丽句。李清照可真是千古第一女词人，一支秀笔占据了婉约词的半壁江山，把女人们的万种柔情都写尽了。我曾想，若世界上没有了李清照，就等于大地上没有了源头活水，女人们可都是水做的呀。然而尽管如此，我也还是经常喜欢念一念"至今思项羽，不肯过江东"，还有"九万里风鹏正举。风休住。蓬舟吹取三山去"，还有"落日熔金，暮云合璧"……你听听，豪放的李清照，是多么胸襟

清　余穉　《花鸟图之牡丹》

开阔、大气磅礴，真正称得上是如椽巨笔，笔底走风雷。我也曾想，若历史中没有了李清照，就等于大地之上没有了山脉，女人也是需要高度的啊！

李清照也有一首牡丹词《庆清朝慢》：

禁幄低张，彤阑巧护，就中独占残春。容华淡伫，绰约俱见天真。待得群花过后，一番风露晓妆新。娇娆艳态，妒风笑月，长殢东君。　　东城边，南陌上，正日烘池馆，竞走香轮。绮筵散日，谁人可继芳尘。更好明光宫殿，几枝先近日边匀。金尊倒，拚了尽烛，不管黄昏。

您读了，觉得是好呢，还是一般？我认为它基本上是婉约的白描，所以大不似李清照写菊花的那首《声声慢·寻寻觅觅》，"满地黄花堆积。憔悴损，如今有谁堪摘"，那么直击人的灵魂，即使婉约，慢吟凄苦，也夹着人神共鸣的大气。

在心情需要的时候，捧起名词名作，读、吟、歌、背……无边敞开，无比敞亮，无限感慨：那些诗人、词人不愧为圣手，他们所抒发的家国情怀、爱恨情仇、离愁别恨、喜怒哀乐，简直比你自己更能看清和了解你的情绪，比你自己更能彻察和洞见你的内心，比你自己更能抒发你的胸怀。

他们写得又是那么美，仅仅用几十个字，甚至几个字，就能把整个世界的万象万物都包揽其中，这样的诗词，只有中华文化做到了。曾有作家把中国几千年的社会生活描写成人间地狱，这是因为他们自己始终生活在底层的污浊里，没接触过中华文化的精华。而五千年的中华文明，可是曾经引领人类进步的文化灯塔，是推动世界文明向前发展的大功臣。

五、牡丹画的千古姿影

　　不到生机盎然的园林，不知春色绚烂。让我们走进中国牡丹绘画的艺术长廊，去看看历代画家笔下的牡丹，感受他们对牡丹的热爱与执念，体会他们虽身处不同朝代，却对"中华牡丹文化"有着一致认同。

　　可否这样说，在我们中华，最具有群众基础、最深入人心的花，是牡丹？武将爱青松绿柏，是取其坚强挺拔、宁折不弯；文人爱梅兰竹菊，是寄寓梅的无畏、兰的幽香、竹的高洁、菊的傲然；而老百姓们喜欢牡丹，则是饱含着对美好生活的期盼，他们多么希望自己家的小日子，能过得像斑斓盛开的牡丹那般火热与富贵。

　　所以中国的"牡丹文化"，很快就由高雅的诗与词，扩展到歌、赋、楹联、小说、戏曲、绘画、装饰、皮影、街头杂耍等艺术形式，全方位地发展起来！从文学到艺术，从内涵到外延，从阳春白雪到下里巴人，从户外广场到家庭小院，处处皆有牡丹花影，抬眼即见牡丹笑靥，就连端个茶杯倒碗水，也是牡丹、牡丹、牡丹……真是说不尽，夸不够，赞不完！

限于篇幅，这里不一一展开叙述，只能选择最具美丽色彩的绘画来作为代表了。有人说，踏雪寻梅是一种境界。我想，循着前人的墨迹寻访和解读牡丹，亦是一种文化的学习与追求。

1. 我最喜欢的一幅牡丹画

我至今仍清楚地记得第一次看到当代画家陈奕纯先生画作时的震惊：那是2012年3月7日，我来到了北京人民大会堂澳门厅。刚一进门，闯进满眼的就是一幅巨大的工笔画，山一样高水一样长，占据了整整一面大墙。绿叶圆圆，白莲灿灿，满堂摇曳，整厅荷香，不由大为惊叹！赶紧看题款，好一个《盛世之歌》！可惜限于画作篇幅之巨大，看了半天也没看清作者的名字，所以初识却不识，不知是奕纯先生所画。后来到了10月底，我在中国现代文学馆见到他，又看了他送给中国散文学会的一幅巨幅山水《长风万里》，突然灵光一闪，冥冥之中，觉得澳门厅那幅画跟他有点什么关系。一问，果然，不但《盛世之歌》是他所画，就连人民大会堂金色大厅主画《国色天香》、贵宾厅主画《泱泱万里尽朝晖》、接待厅主画《天香满寰宇》，还有全国人大常委会会议厅主画《泰山雄风》《大地之声》，中南海怀仁堂主画《三峡放歌》《阳光灿烂春暖花开》，天安门城楼西大厅主画《晨光》等二十多幅大画，都是他画的，一时赞叹不已，惊为天人！

我是学文学的，对于美术，实属外行。但学习的过程中，看过很多或知名或不知名的画家的作品，也便渐渐有了自己的审美眼光。我最不喜欢的，也最不能接受的，就是有些中国画的泥古派们，像老学究一样，一笔一画，全都得有古人出处，一只虾、一条虫、一朵牡丹，必须跟着古人描红，构图永远是几个大师的路数，山什么样，水什么样，梅花怎么点，完全不敢越雷池一步，唯恐被人视为不正宗。我为什么如此被陈奕纯的画所惊艳？首先就在于他和别人不一样，他画出了自己的个性和激情。

说来我也寻找心仪的牡丹绘画作品很多年了，为了使自己的陋室生辉，也曾求过几幅牡丹图，但都远远不满意。陈奕纯的《国色天香》是我个人看到的最心仪的牡丹图，每当从电视上看到人民大会堂里出现在领导人身后的这幅巨作，心里就立即充满了热烈的，对阳光、春天和生活的情感。你看，在色彩上，画家强调了一个"富"字，浓墨重彩，满纸绚烂，似乎把大自然中所有的美色都借来了，天地精华、古今精华、中西精华，都集中在巨大的画幅上，再沉闷再忧郁的人，看着满纸喜笑颜开的绚丽花朵，也会从心底里生发出"生活真美好"的愉悦。在结构上，画家追求了一个"满"字，像西洋油画一样铺天盖地、无边无际，让你不知不觉走了进去，成为画面里的一个笔画、一个细节、一个人物、一个故事、一个人生华彩乐章。他不特意留白，不故意玩深沉，不装作高不可攀，不拒人于千里之外，只是单纯地让艺术之花照亮世界。

心在，加上才情，加上几十年的苦读、行走、历练和修养，更重要的是还加上了"舍"，舍得的舍，舍出的舍，舍命的舍——如此，才成就了上乘的艺术。

站在这上乘的艺术品面前，我被彻底震撼了。震撼的是我的心灵，撞击的是我的灵魂，内心波澜汹涌的是我的感情！它一下子撞开了蕴藏着我民族感情和豪情的大门，让我久蓄在心中的热流汹涌而出，泛起洪流，在心湖的水面上，荡起一圈又一圈涟漪。

我的心在告诉我，这不仅是一幅内容丰富、色彩艳丽的《牡丹图》，它更表现出了我们伟大中国的历史、现在和未来。这是对我们祖国的祝福和祈愿：

祝愿我们的祖国富贵、吉祥、繁荣、昌盛。

祝愿我们伟大的祖国春色满园、百花盛开、辉煌灿烂。

这让我想起，在中国历史上，也曾有多少绘画大师，把笔下的牡丹画出了生命，画出了思想，画出了灵魂。他们把自己一颗颗忧国爱民的心，一点一滴，绘在牡丹的花瓣上，抹在牡丹的枝叶上，用艳丽的色彩表达出他们对自己民族的爱心与祝福。

远年的黄筌、徐熙、赵昌、徐崇嗣、苏汉臣、钱选、沈周、吕纪、唐寅、陈淳、樊圻、恽寿平、华岩、高凤翰、邹一桂、赵之谦、吴规臣……近代的吴昌硕、齐白石、张大千、陈半丁、于非闇、王雪涛、江寒汀、陆抑非、俞致贞、田世光……当代的陈奕纯……艺术天空群星灿烂，闪烁着中华民族的精魂，辉耀着祖国神州的山河，亮丽着中华儿女的心灵。在他们的笔下，铺展开了中华儿女所特有的真善美，以及吃苦耐劳、坚韧不拔、披荆斩棘、百折不回、勤劳勇敢、团结一心、助人为乐等优秀品质，为此，世间便少了些许无耻和卑劣，少了些许残酷和乏味。即使他们中间某些人的心胸并没有我想象的那么豁达，但只要画笔在握，他们的笔下就绝不会失去对生命、对生活的热望和挚爱的感情。

2. 古代牡丹画

在我国，以牡丹为题材的画，有文字记载的历史最早可追溯到北齐时期。据史料记载，北齐杨子华是画牡丹的圣手。可惜只见其文字，画图没有保留下来。

唐代的牡丹花盛开，牡丹诗歌亦随之兴盛，牡丹绘画更是盛极一时，出现了一大批擅画牡丹的艺术家。他们取得了很高的成就，在我国绘画史上留下青名，如边鸾、周昉、刁光胤等。周昉的《簪花仕女图》中，左首第一位贵妇的头饰即为牡丹，被认为是中国现存最早的牡丹绘画。

五代时期花鸟画盛行，分为两派，代表人物分别为黄筌和徐熙，一在西蜀，一在南唐，同为花鸟画之祖。两派风格大不相同，有"黄家富贵，徐家野逸"之说。黄筌一派"勾勒重彩、浓艳富丽"，"细笔勾勒、填彩晕染"；徐熙一派"没骨渍染""轻淡野逸""水墨淡彩""清新洒脱"。黄筌主持画院时，贬斥徐熙"粗恶不入格"，不允许徐熙入画院。然而到了宋朝时，徐熙的画大受赞赏，宋太祖甚至说过"花果之妙，吾独知有熙矣"。书法大家米芾评价说：黄筌惟莲差胜，虽富艳，皆俗，画不足收，易摹。徐熙花皆如生，画不可摹。

唐　周昉　《簪花仕女图》局部

　　黄筌是西蜀画家，擅画花、竹、翎毛、人物和山水，是一位技艺全面的画家。比较奇异的是这位身居大西南的画家，全面继承了唐代花鸟画传统，所画多为宫廷中的奇禽名花，以极细的线条勾勒，配以柔丽的颜色，线色相融，几乎看不出勾勒的墨迹，以画品富贵流布后世。据传，有一次他在蜀宫的一面殿壁上画了6只不同姿态的仙鹤，由于太栩栩如生了，甚至把真的鹤都吸引来了；又有一次他在八封殿墙壁上画花竹雉鸡，被皇帝行猎的白鹰误认为是真禽，瞬间就向墙壁扑去——两相印证，黄筌画技之高超也许并非闲人的编造。

　　徐熙是南唐画家，擅画花、草、竹、禽、鱼、虫等。《玉堂富贵图》是他的传世代表作，亦是中国历史名画之一。画面上，牡丹花、玉兰花、海棠花布满全幅，花丛间有两只杜鹃，图下方的湖石边上还有一只羽毛华丽的野禽。玉兰、牡丹、海棠，白的淡雅，粉的娇媚，在石青底色的映衬下，显得雍容华贵、端庄秀丽。行家评价，这种满纸点染，不留空隙的画法，显然是受了佛教文化的影响。我个人由此联想到唐卡艺术，不知道是英雄所见略同，还是谁启发了谁？不过，把玉兰和牡丹绘制在一起叫作"玉堂富贵"，这倒是中华民族艺术一脉传承的体现。

　　宋、元、明、清时期，随着牡丹越来越成为雍容富贵的象征，牡丹也越来越成为画界的普遍题材，关于牡丹的名画也越来越多。如，宋朝徐崇思的《牡丹蝴蝶图》、明朝唐寅的《题牡丹图》、清朝钱维城的《国色天香图》等许多牡丹画流传下来，成为经典之作。

3. 近现代牡丹画

在我看来，中国画以山水花鸟为主，不见"大写的人"；以线条为主，颜色总是淡淡的，云一层雾一层；以白描为主，以物象表达情感……这些，也许都与东方人讲究气韵、意境和崇尚含蓄美的民族性有关？日本的"浮世绘"脱胎于中国绘画，但颜色和情感更淡，还总飘浮着一种无端的哀愁……西方绘画，往往铺满整个画面，颜色鲜明浓郁，感情强烈……

中国画中的牡丹画，尤其是近现代牡丹画，逐渐地呈现出点、线、墨块相互交融、借鉴、补充，画面铺满，色彩艳丽，氛围热烈，节奏明快，似海涛汹涌，一派笑语喧哗的盛景。其虽不是西画，但亚赛西画，越来越与人民大众的生活与情感相拥抱。下面选几幅我比较喜欢的说一说：

（1）陆抑非的《花好月圆》

这幅是典型的中国工笔花鸟画，却像是以粉彩作底的，又让我联想到唐卡的热烈和油画的浓丽。猛一看，饱满瑰丽的色彩让人满心欢喜，尤其是中间那朵白色瓣、红花芯的大牡丹，端庄富贵，贵气中还带着吉祥和喜乐，仿佛集中了人间的一切美好；细细观，一笔一画的线条，又尽显出中国画内涵丰富、一切尽在不言中的神韵。

过去我见过"陆抑非"这个名字，但不是因为他的画作，而是这个名字有点特别，所以留下了印象。但可惜没细读过陆先生的画作，也没关注过他的履历。陆先生乃江苏常熟人，是我国杰出的中国花鸟画大家和卓越的美术教育家。说起他的名字，还真有一段故事：陆先生原名"翀"，同"冲"，古有名句"不飞则已，一飞冲天"，遂将"翀"字改成"一飞"。后其师吴湖帆劝其更字"抑非"，更添加了"抑非扬善"的意思。20世纪60年代初，应潘天寿院长之邀，陆先生受聘为浙江美术学院教授，尤以画牡丹为长，有"陆氏牡丹"之称，有评者论述：其作画严谨，着重物象的层次，用笔墨归纳整碎的对比关系，虽然多用碎笔但又不失于稀松，把里外的层次表现得极为丰富。牡丹构图繁盛，用色铺排，花肥叶茂，尽显出雍容富贵之相。

（2）俞致贞的《牡丹戏蝶图》

我太喜欢俞致贞先生的作品了，有惊为天人之感。她的每一幅画作都是那么娴静娟秀，似乎让我看到她在画案旁凝神端坐的姿态，是宛如宋庆龄、林徽因、林巧稚一样的东方典雅。俞先生还是一位卓越的美术教育家。我时常会想，她在给学生讲课的时候，是不是活脱脱一个婉约的李清照？谁说中国的尘世间没有西方圣母玛利亚那样有血有肉的女神？不呀，其实既有高端文化修养，又具有高尚人格气质的中国知识女性有很多，光民国那些接受过现代高等教育的女性，就能排出长长的一支队伍呢！

我在俞先生的多幅牡丹图中，读出的甚多：不再是多数画家们表达的富贵、雍容和浓香、艳丽之类，而是有着梅的高洁、兰的幽香、竹的清净、松的挺拔、柏的苍郁，以及先生自身骨子里的优雅。我还读出了严谨的家训、良好的教养、清正的为人、开阔的胸襟、无尘的底色、高尚的情操……是的，读画如见人，这些集高级知识女性之细腻、柔美、娴静、婉约、文质彬彬、真善美等众多特点于一身的牡丹图，真是众多男性画家们所无能为力的，其境界也不是一些女画家所能达到的。我想，如果能将俞致贞先生的一幅牡丹画悬挂在家中，整个房间都会因之娴静和高雅起来的！

（3）齐白石的《风中牡丹图》

这幅《风中牡丹图》据说是白石老人生平最后一幅"绝世作"，他自己题写了"九十七岁白石"，但我初读时却真是糊涂了，因为白石老人是93岁时驾鹤西去的，就算虚一岁、虚两岁，也不应该是97岁呀？后来我才弄明白了，原来大师晚年有时会受生命的困扰，一时幻觉来了，就信笔画、信笔写。他还画有一幅《葫芦》，自题"九十八岁"，他其实是在与生命搏击呢！

据其家人回忆，白石老人在生命的最后年华里，经常会颤颤巍巍地走到桌前，拿起毛笔，蘸上红色颜料，在纸上画牡丹图。90岁之后，他画了多幅牡丹图，一般都是用鲜艳的大红、洋红、粉红等颜料绘花，大概正是牡丹的鲜艳令他欢喜。齐白石原来是一个木匠，36岁开始作画，一生不卖弄技法，用墨及设色都力求单纯简洁。他的画妙趣横生，是雅俗共赏的典范。特别是60岁以后齐白石的"衰年变法"，成就了一种独特的"齐氏绘画"风格，用平淡与真趣开创了一种大雅大俗的美学境界，让即使不懂绘画者亦可看懂，颇得人们喜爱，且极大地提高了绘画在人民群众生活中的地

齐白石　《风中牡丹图》

位。

我读这幅《风中牡丹图》，竟然感受到了一种先锋艺术的意味。有人说白石老人晚年所画牡丹，尽管"笔墨更加纵逸，别有一种自由、天真而又老辣的意味，但因其体力衰弱而不再精致"，对此说我不敢苟同。我认为，别看这幅画作只画了一朵牡丹，但浓淡不一的红色使牡丹花呈现出多层次的绚丽，墨块与线条组成的大片叶子在风中摇曳着，奋力支撑着盛开的大花，动感十足。它已不单纯是国画技法，而是掺入了西方抽象画的某些手法，使得花与叶都更有层次，更具表现力。然而，我觉得这幅画的要点，更在于它所表达的情感与思想。这朵大牡丹其实就是白石老人的自画像，这是一支熊熊的火炬，用生命的全部力量在热烈地燃烧着——这是老人在眺望，眺望前方的美好图景；这是老人在回眸，回眸自己这一生所走过的路、所经历的事；这也是老人的宣言，告诉世人，自己无愧于来到人世间，做出了自己应有的贡献。

（4）田世光的《富贵绮霞》

我从小就熟悉这幅画，当时不知在哪本杂志上看到它，喜爱极了，就裁了下来，贴在床头。不到十岁的小姑娘，不懂艺术，只觉得这幅画太好看了。孔雀的大尾巴像仙女的花裙子，大朵的牡丹花比院子里所有绽开的花都漂亮，而且这幅画还很雅静，不喧哗，不吵闹，给人安静惬意的舒适感，于是打小心眼儿里就认定"这是我的孔雀、我的花"了。那时年纪小，也不懂得看看作者是谁。直到很多年以后，我才了解到田世光先生是我国著名工笔花鸟画大师，曾任中央美术学院教授。画坛对他的评价是：他的画继承了宋元派双勾重彩工笔花鸟画的优良传统技法，并赋之予新的时代精神。这是极高的评价。因为中国花鸟画成为独立画种是晚于山水画的，它发展于盛唐、五代，到宋、元之际达到高峰。五代黄荃、黄居寀父子的浓艳富丽的"勾勒填色画法"和北宋徐崇嗣的轻淡野趣的"没骨画法"，是花鸟画的两大画法。田世光年轻时在刻苦学习这两大画法的同时，也看到了其中的不足，彼时即萌生了光大花鸟画技法的宏愿，后来用一生的光阴，努力去实现自己的目标。

特别要在此指出的是，田世光先生还被尊称为"牡丹之父"。为什么呢？原来，这一称呼滥觞于1964年，中国邮政采用他绘制的17款牡丹画作，发行了志号为特61M的牡丹小型张和15枚邮票。这套邮票因绘画技术高超、印制水平精良和富贵吉祥的寓意，至今仍广受集邮爱好者追捧，极具收藏价值，曾在1980年被评为"建国三十年最佳邮票"。

一看邮票图案，我又想起来了，这也是我小时候的钟爱之物呀！那时有过一段集邮的经历，其实也不能说是"集邮"，一个小孩子，又没有人给写信，上哪儿弄邮票去？但这么漂亮的牡丹花，谁能不爱呢？记得我常常去宿舍大院门口等邮差，等他来了，把一捆信和报纸放下，骑上自行车走了；再等传达室大爷慢吞吞地把那捆信打开，看看里面有没有好邮票，特别是牡丹邮

田世光绘制的牡丹邮票

票。如果真有，再看是寄给谁的信，有无可能从那家大人手里把邮票要来……

当然，这15张牡丹邮票不可能集齐，但直到今天我仍然保留着几张。可惜岁月匆匆，当年我贴在床头的那张小画早已无影无踪，但今天再欣赏这幅《富贵绮霞》，更加感觉到它的精妙：构图创意独特，将百鸟之王孔雀与百花之王牡丹放在一起，相得益彰，互为映衬，便显示出双倍的美丽、大气、富贵和吉祥。是的，凡有牡丹在处，总是呈现出一派富贵吉祥、国泰民安的盛景。

（5）慈禧的《平安富贵》

最后，我还想再说一个人画的牡丹图，那就是慈禧画的《平安富贵》。对，这个慈禧，就是叶赫那拉氏、咸丰帝的妃嫔、同治帝的生母、清朝晚期的实际统治者。

慈禧的这幅画的材料非帛非绢，而是新城忠勤祠内的一块刻石，刻于清光绪十六年（1890年）。图中一束枝叶茂盛的牡丹插在花瓶中，旁边的玉如意清雅坚润，上方是慈禧楷书"平安富贵"四字，篆书"慈禧皇太后御笔之宝"压在"平安富贵"上边。花瓶下端为纪晓岚的好友、前辈边秋崖的题诗："一番好雨净尘沙，春色归来上苑花。此是沉香亭畔种，莫教移到野人家。"

这幅《平安富贵》构图和谐，品位颇高，被评价为书画双绝的艺术佳作。

当年她画这幅图，寓意深远，牡丹写富贵，宝瓶写平安，如意写吉祥，她也有和普通人一样的追求与梦想。然而我的思绪却久久徘徊在光与暗的历史深处，不能平静。

这"平安富贵"不是刻在石头上了吗？为什么她自己和清朝不能与石头共存？原因并不隐蔽，答案其实就在花瓶下端的那首诗里，最关键的、最好懂与不好懂的，就是最后那两句："此是沉香亭畔种，莫教移到野人家。"

不错，牡丹是从"沉香亭畔"来的，或许还带着浓郁的大唐之风，带着平安，带着富贵，带着吉祥如意。有这么美好的寓意，有这么美好的祝愿，为什么清朝大厦会轰然倒塌？是美好的祝福和愿望不可以实现吗？

在那个年代，在中国普通老百姓那里，确是没有实现的可能。即使你再努力，再勤奋、再善良、再安分守己，你也把握不了自己的命运——你的前程、你的生命、你的生与死、你的荣与衰，都完全掌握在统治者手心里。你只能靠统治者指头缝里偶尔漏下来的一点恩惠，去追逐你平生的心愿，不过希望是何其渺茫啊！

而作为统治阶级如慈禧太后，当然就不一样了。他们手里握着人民的生杀予夺大权，想富贵就可以富贵，想吉祥如意便可以吉祥如意，似乎没有人能够干涉他们、牵制他们。

然而别忘记，慈禧虽然高居庙堂，却也不能为所欲为，天理还在牢牢制约着她——她既然占有了国家，其平安和富贵就应该是属于这整个国家的，而非她一人的。她一个小朝廷的平安富贵，也绝对换不来天下的平安与富贵。作为统治者，若她只想着自己平平安安、富富贵贵，那她就绝不会有平安，最终也得不到富贵。

所以，不管慈禧的"平安富贵"四个字写得多么漂亮，也不管她的牡丹花画得多么出色，即使已经刻在石头上，也没能保住她和大清朝的平安与富贵。

这，就是天理。

这，就是历史。

第三章

牡丹的中华精神

天香，乃牡丹之香，乃中华之香。

国色，乃牡丹之色，乃中华之色。

中国给了牡丹一个天空，

牡丹给了中华一种精神。

中国给了牡丹丰厚的土壤，

牡丹给了中华一个历史走向。

一、代代年年万世开

不花则已，花必惊人！

牡丹的第一精神品质：恪守节操，坚贞不屈。

牡丹的第二精神品质：平民情怀。

牡丹的第三精神品质：形容富贵而不骄，崇尚富贵而不奢。

牡丹的第四精神品质：自强不息。

牡丹的第五精神品质：厚德载物。

　　　　牡丹的第六精神品质：独与天地精神往来而不敖倪于

万物。

　　　　牡丹的第七精神品质：仰不愧于天，俯不怍于人。

　　　　……

1. 牡丹当然有着属于自己的精神

　　"你觉得牡丹具有一种精神气质吗？"

　　"你认为牡丹的精神是什么？"

　　"你认为牡丹的中华精神有哪些？"

　　一天下午，我把小闺蜜雨薇请到家里，一边品茗，一边讨论这颇有意义的话题。

　　雨薇从北京某名校博士毕业后，和我一样，在一家报社做编辑。不同的是我已经退休了，雨薇还年轻，正是报社的顶梁柱。她读书多，学问功底深，把编辑工作做得风生水起。她也写文章，而且文笔很好，她的作品有很多人爱读。她还特别爱学习，总是虚心向人求教。编辑工作虽然辛苦，她却乐在其中，总说做编辑有趣，像插花匠，能把不同的文字插成一束好看的花，所以每天都在装点一个新花园，创造一个新世界。她还常常来向我这个老编辑讨教。我有什么可教的呢？她说有，比如您是怎样把那么多好稿子挖到手的？我说这真的没有什么经验，只不过是用心对人，用心对我的作家们，以朋友相待，以真换真，以诚换诚，以心换心。其实，我总觉得我的知识结构不如雨薇，虽然不能说她学富五车，但感觉她肚子里的东西多，特别是新东西多。对我提出的问题，她总能给我一个满意的回答，而且一谈起来，就是口若悬河、滔滔不绝。

说到牡丹的精神气质，她也言之凿凿地说，答案当然是肯定的，牡丹当然有着属于自己的精神。

2. 万物皆有属于自己的精神

雨薇说，不光牡丹有自己的精神，世间万物皆有自己的精神，这在古人的文章与诗词中都有表现。

"精神"一词很早就出现了，比如《礼记》，"精神见于山川"，说的是"山川精神"。

唐朝的司空图著有《诗品二十四则》，其中有一品叫《精神》，说的是"花草精神"："欲返不尽，相期与来。明漪绝底，奇花初胎。青春鹦鹉，杨柳池台。碧山人来，清酒满杯。生气远出，不著死灰。妙造自然，伊谁与裁？"以花喻诗，诗亦必须有精神。

唐朝的李郢在《上裴晋公》一诗中写道："四朝忧国鬓如丝，龙马精神海鹤姿。"这是在比喻人的精神状态，喻体是"龙马精神"。

五代诗人和凝的《河满子》："正是破瓜年纪，含情惯得人饶。桃李精神鹦鹉舌，可堪虚度良宵。却爱蓝罗裙子，羡他长束纤腰。"这里提到了"桃李精神"。

宋代诗人仇远在《惊蛰日雷》中写道："坤宫半夜一声雷，蛰户花房晓已开。野阔风高吹烛灭，电明雨急打窗来。顿然草木精神别，自是寒暄气候催。"李觏在他的诗作《和苏著作麻姑十咏·丹霞洞》写道："风雨气势恶，草木精神竦。"还有个释正觉，在他的《禅人并化主写真求赞》中写道："觉心了了，幻事斑斑。草木精神兮风流自得，丛林气像兮春信谁悭"。他们都说到了"草木精神"。

还有"冰雪精神"，也是宋代诗人说的。这个诗人叫释道璨，他在《和吴山泉万竹亭》中写道："风流不减晋诸贤，冰雪精神已凛然。"

还有一个名叫吴育的资政殿学士，也是宋朝人。某年他赴河南上任，路经郭店，拜谒文靖公墓，写了一首《过郭店谒文靖公墓》诗，赞颂文靖公："汉相岩岩真国英，门庭曾是接诸生。阳秋谈论四时具，河岳精神一座倾。"河岳精神，也就是"在天为星辰，在地为河岳"的浩然正气，多么了不起啊！这位文靖公是谁，他当得起这么高的赞誉吗？原来，他就是北宋名相、杰出政治家吕夷简。在宋真宗去世后，吕相本着公忠报国之心，殚精竭虑辅佐年少的宋仁宗，在太后临朝听政的情况下，正确处理了北宋朝廷内外诸多矛盾，保证了北宋的社会安定和经济发展。他曾两度被罢相，又两度被重新起用，一直爱国爱民、勤劳王家，直至66岁病逝。讣闻传入朝中，宋仁宗悲恸道："安得忧国忘身如夷简者！"吕夷简被下旨追赠太师、中书令，赐谥"文靖"，后配享宋仁宗庙庭，名列"昭勋阁二十四功臣"之一。有一传说：吕夷简在西溪任上时，曾于自家庭院里种植牡丹一株，围以朱栏，悉心呵护，后竟然花开百朵，一时成为地方盛事。一日，他在月下看花，情不能已，赋《西溪看牡丹》一首："异香秾艳厌群葩，何事栽培近海涯。开向东风应有恨，凭谁移入五侯家？"这是在以花自喻，其怀才不遇之情溢于言表。后吕夷简离任归朝，升任宰相，当地百姓在他植牡丹处修建一亭，取名"牡丹亭"，又名"思贤亭"，以表示对吕公的纪念。

"我们不是常常说嘛，梅花披雪，迎春顶凌，菊花傲霜，松竹四季常青，宇宙万类，无不精神。如此说来，牡丹也当然有自己的精神。"雨薇说到这里，停了停，缓了口气。我俩都端起了茶杯，龙井新茶，透明的玻璃杯里，碧绿的小叶子精精神神地站在水中，浮起一缕淡淡的茶香。她端起茶杯，没有立即喝，而是把茶杯放在唇边，似乎想品一品茶的品级。她忽然说："哦，好香。"我说："没有更好的茶，就这普通龙井，是今年的新茶，是杭州一位文友刚寄过来的。"雨薇说："我知道是新茶，一闻就闻出来了，还带着杭州的精神品质。"

我俩都笑了。说到"精神"，茶更是有着自己的精神品质，"君子若茶"嘛。正如雨薇所说，万物都有自己的精神品质。

3. 精神是什么？牡丹精神是什么

"不过"，我对雨薇说，"你说得对是对，但有一点，我们既然在讨论万物的精神品质，是不是首先应该弄清楚，精神是什么？"

雨薇笑了，说："这个是常识，您比我清楚，我不敢班门弄斧。不过，我倒想复述一遍，让您听听，我说的对不对？"

她朗朗地说："什么是精神呢？什么是精神的内容和实质？说起来，无论古代还是现代，无论中国还是西方，阐述的文字和理论几乎都是一致的。"

"精神就是意识，精神就是生气，精神就是活力。"

"精神就是事物的内容和实质所在。"

说罢，她反问我："我们知道了什么是精神，是不是还应该知道精神是如何产生的？精神是从哪里来的？"

我想了想说，这个问题当然也并不难解答，因为中国的先贤们已经给了我们答案。在《淮南子·精神训》中，在《列子·天瑞》中，都有很标准的说法：

"精神者，所受于天也。"

"精神者，天之分。"

雨薇说："您说得很对哟。也就是说，万事万物，自其诞生始，精神便如影随形，一起来到了世间。"

牡丹生于天地间，是不是也应该有"所受于天"呢？

牡丹生于天地间，是不是也应该具有"天之分"呢？

是的，牡丹国色天香、雍容华贵、富丽堂皇、高贵典雅、仪态万千、端庄秀美，这应该就是牡丹的"所受于天"；

牡丹品格高洁，神清淑真，冰清玉洁，被德含和，金玉其相，仁和其中，这应该就是牡丹的"天之分"。

而接受了"天之分"的牡丹，娉婷袅娜，缤纷茏葱，自事其心，相靡以信；

接受了"天之分"的牡丹，叶如翠羽，拥抱栉比，虚室生白，吉祥止止；

接受了"天之分"的牡丹，"蕊如金屑，妆饰淑质。玫瑰羞死，芍药自失，夭桃敛迹，秾李为之惭出。踯躅宵溃，木兰潜逸，朱槿灰心，紫薇屈膝"。

白若初雪、赤若朱芾、紫若琉璃、黄如烁金、青如墨妙、绿如碧瑶、白如荼首、粉如华琚……无一不是牡丹的品质；"精神聚而色泽生，此非雕琢之所能为也。精神道宝，闪闪著地，文之至也"。古人真有智慧，这些话说得多么切中肯綮啊，国色天香的牡丹，非雕琢所能为，正是精神聚而色泽生。

国色天香出自牡丹的节操，出自牡丹的精神，出自牡丹的品质。

4. 牡丹的诸种"中华精神"

"恪守节操，坚贞不屈"，应该是牡丹的第一精神品质吧？

从形体上看，牡丹婀娜多姿，看似柔弱，但行踪落落，傲骨嶙嶙，桀骜不驯，不甘平庸。关于牡丹的许多故事，似乎都有一点惊世骇俗，但牡丹却极其尊重大自然的规律，遵守万物生消有序的规则。最典型的故事，就是抗命武则天冬天不开花那则，那是一个无人不知、无人不晓的故事。

清　徐扬　《牡丹山鹧图》

我接着雨薇的话说，其实原来的武则天，是一个娇媚的好女人，是一个惯于"看朱成碧"的武则天，是一个喜欢"开箱验取石榴裙"的武则天……

不待我说完，雨薇就撇撇嘴说，因为得了皇位，因为坐上了那把独擅天下的龙椅，她便骄恣跋扈，任意弄权，变得骄纵跋扈起来了。

我同意雨薇所说。是的，不管女人还是男人，不管古代还是当代，不受约束的权力，会把一个品行端正的好人变成魔鬼，变成毫无理性、毫无原则、毫无人性、专横残酷、残害忠良，逆历史潮流而动的疯子。最后他（她）们的下场，只能是被钉在历史的耻辱柱上。

熊熊大火，只是把牡丹的枯枝败叶烧焦了，牡丹的根却仍然顽强地活着。牡丹没有死。牡丹不会死。牡丹的精神不死。牡丹要笑到最后！来自荒野沟壑的牡丹，亦如"离离原上草"，"野火烧不尽，春风吹又生"，代代年年，迎着春风，沐浴春雨，在明媚春光之中，依然开成国色天香。

雨薇说，据史书记载，我国春秋时期就有了兰圃，那时最推崇的是兰花，它被喻为花中君子。在《离骚》中，讲究贵族仪容的屈原是这样自道的："纷吾既有此内美兮，又重之以修能。扈江离与辟芷兮，纫秋兰以为佩。"兰花入世时，牡丹还在深山野谷的寒风中抖索。

那时候的牡丹虽然还籍籍无名，埋头在深山野谷里，但牡丹并未觉得寂寞和自卑。

牡丹在孤芳中，自强地延伸着自己的根系；

牡丹在寂寞中，落落地疏狂和放达；

牡丹在深山里，忘情地与野草野花一起狂欢；

牡丹在大地上，快乐地与鸟兽一起歌唱；

牡丹在月光下，戴着露水浸透的桂冠舞咏晚风；

牡丹在旭日升起时，敞开胸怀接受蓝天白云的沐浴；

牡丹不争春，让出春色三分，一分给桃，一分给李，一分给杏花；

牡丹欣欣然于自己的花期，在温煦的春风中怡然怒放，在庶众惊艳的目光中展示着自己的丰姿……

不花则已，花必惊人！

关于牡丹的第二精神品质，我和雨薇高度一致，不约而同地说出四个字：平民情怀。

牡丹虽贵为"国色"，但它有自己的平民情怀，这一点最得人心，殊为可贵。

世界上的名花，似乎都有自己的贵人：菊为花之隐逸者，独为陶渊明开；莲称花中洁卉，专为周敦颐所爱；竹虚心有节，特为七君子（"竹林七贤"者，专指魏末晋初的七位名士：嵇康、阮籍、山涛、向秀、阮咸、王戎、刘伶）所绿；而牡丹则"宜乎众矣"。

也就是说，牡丹不会专为某一人，特别是不会专为权势者开花。它是为世上所有的人——富人穷人、帝王庶民、健康人残疾人、大人孩子等，都开花。世间没有人不喜欢牡丹，牡丹也不会让任何人不爱戴。

杨贵妃自比牡丹，所以狂爱牡丹；唐明皇专宠杨贵妃，也就爱屋及乌地喜欢牡丹。李白一代天骄，见牡丹而出佳句。辛弃疾无上诗才，为牡丹写下那么多诗作……著名诗人喜欢牡丹，没有名气的小文人也喜欢牡丹。达官贵人喜欢牡丹，平民百姓也都喜欢牡丹。

皇帝喜欢牡丹，把牡丹种在皇家园林里，牡丹自自在在盛开。富贵人家喜欢牡丹，把牡丹种在自己的花园里、廊庑下，牡丹落落大方盛开。平民百姓喜欢牡丹，把牡丹种在自己的土坯房前、泥屋后，牡丹照样高高兴兴盛开。僧人居士喜欢牡丹，把牡丹种在庙宇里、道观边、小路旁，牡丹尽皆精精神神盛开……

而且，不管盛开在哪里，牡丹都不失"平等爱一切人"的高洁品质，值得点赞，值得学习。

我问雨薇："牡丹精神的第三点是什么？"

她显然早有准备，脱口而出："形容富贵而不骄，崇尚富贵而不奢。"

我深表赞同。又补充一点："'富'与'贵'，也并非专指拥有财宝和地位，司空图在《诗品二十四则·绮丽》篇中说：'神存富贵，始轻黄金。'黄金不代表富贵，富贵者反而是轻视黄金、看重精神财富的。而视富贵为精神还是物质，最终决定了一个人、一个家庭品味的高低。神存富贵与家藏财富，是人格高鄙的分水岭。"

雨薇接着说："对呀，我正是这个意思。神存富贵，才是牡丹的富贵；神存富贵，才是牡丹神圣的精神品质。因此，只有牡丹敢称自己为天下第一花，它们没有一朵花为谁而红，也没有一片叶为谁而绿，它们只保持着自己'普天下'的高洁、自信与自觉。"

我接着雨薇的话说："牡丹的自信与自觉，绝不是以香色骄人。《孝经》说：'在上不骄，高而不危；制节谨度，满而不溢。高而不危，所以长守贵也。满而不溢，所以长守富也。富贵不离其身，然后能保其社稷，而和其民人。'信然！"

牡丹精神还有第四点，我给雨薇讲了自己的一个发现。

有一年春天，我走到牡丹园，俯身去欣赏正在盛开的牡丹。那一朵朵热烈绽放的大花，那一瓣儿又一瓣儿有序排列组合的花瓣，组合成那么美丽的图案。突然，"等等！"我差点儿叫出声来，"这是什么图案啊？"我端详再端详，揣摩又揣摩，哦呦，这不是八卦图吗？

是的，我惊喜地在牡丹花瓣上，看到了八卦的"乾卦"！我怕自己看错了，揉揉眼睛，望望远处，再把目光收回来，重新审视眼前光彩灼灼的牡丹。不错，我没有看错。也因此，让我一下子想起"乾卦"的《象传》说："天行健，君子以自强不息。"

自强不息，也是牡丹精神！

宋朝有一位叫王曙的诗人，不知抽了哪根筋，居然写了一首讽刺牡丹的诗："枣花至小能成实，桑叶惟柔解吐丝。堪笑牡丹如斗大，不成一事只空枝。"

是的，牡丹确实不是靠籽实传承的。不过，虽然不结籽，牡丹却并不自暴自弃，不自卑，无论在沃土中，还是在脊壤里，无论在石头缝中，还是在荆棘堆里，它都能扎下根，以自己顽强的根系，一代一代繁衍，百年千年，生生不息，最终靠着自己国色天香的实力，成为世所公认的花王。

太让人敬佩了！那嘲笑牡丹的王曙，实在是浅薄，只看到牡丹花摇曳枝头的外貌，根本没有悟到牡丹的本质。牡丹的枝条哪里是什么"空枝"？那是实实在在的王者之尊啊！

于是，我又俯身再次仔细瞧，看能否有什么更本质的发现。哎呀，我简直欣喜若狂，因为我又看到了八卦图中的"坤卦"，也马上想起"坤卦"的《象传》说："地势坤，君子以厚德载物。"我不由得叫出了声："是的，牡丹亦是厚德载物的君子！"

雨薇听我说到这里，眼睛直发亮，随口吟道：

独冤抑而无极兮，伤精神而寿夭。（《楚辞·七谏·怨世》）

众人莫可与论道兮，悲精神之不通。（《楚辞·七谏·谬谏》）

她很是感慨：人们都在争相看牡丹，然而绝大多数人，却仅仅只是看牡丹的丽颜与色相。谁人真能与牡丹晤言一室？谁人能与牡丹共屈一膝？谁人能与牡丹心有灵犀？谁人能与牡丹生死与共啊？牡丹还是孤独的，期待着"天下得一知己足矣"。

我想了想，说道："牡丹虽然孤独，但其精神却很强大。比如李清照，一个弱女子，在男人世界中奇峰兀立，多么艰难啊！但她宽宏坚毅，骨子里无比刚强。'生当作人杰，死亦为鬼雄。至今思项羽，不肯过江东。'想想，这是一个弱女子写的诗吗？还有，'千古风流八咏楼，江山留与后人愁。水通南国三千里，气压江城十四州'。这是一个弱女子写的诗吗？这就是女诗人李清照，江吞海纳，大气磅礴，她的精神世界是非常强大的。"

雨薇连连颔首，沉吟了一下，又说道："万物虽然都有精神，都有精神品质，但其实都是人的精神品质，是人根据牡丹的特性，或者梅花、兰花、荷花、松柏、草木、山川、河流、风花雪月的特性，赋予了其精神品质。然后像是怕忘记了似的，又把那些精神品质镂在金石上，刻在竹简上，书在竹帛上，当作自己的典范，当作自己的记忆，当作自己的镜子，看了又看，读了又读，背了又背，一遍又一遍，一代又一代，生生不息，薪火相传。"

这就是精神的力量！

5. 中华爱牡丹，中华精神即牡丹精神

我与雨薇关于"牡丹精神"的对谈，说了又说，似乎永远都有话说，说也说不完。

比如我说："'独与天地精神往来，而不敖倪于万物，不谴是

非，以与世俗处。'这是庄子学派对庄子的评价，也可以看作牡丹的一种精神。"

然后雨薇又说："就像《孟子·尽心上》中所说的"仰不愧于天，俯不怍于人"，牡丹即正直坦荡之花，从不做任何有愧于世界的事。"

我说："蒲松龄曾评说牡丹'情之至者，鬼神可通'，这用情之深是否就是牡丹越来越兴旺发达，终至升格为国色的秘籍呢？"

雨薇又说："人生最幸运的是职业努力与个人爱好相契合，这时全世界都会为你让路，牡丹的幸运亦在于此吧？"

夜幕都垂下来了，凭栏望，湛蓝色的窗外，万家灯火，华灯一片。在意犹未尽的依依不舍中，我与雨薇相约，以后每年的春天，都要一起去故宫博物院和景山公园看看牡丹——去看牡丹的华彩，去看牡丹的花面，去看牡丹的品格，去看牡丹的灵魂，去感受牡丹博大的情怀，去学习牡丹高贵的精神。

二、好牡丹还得绿叶扶持

"好牡丹还得绿叶扶持"，这是牡丹馈赠给人类社会的一种处世原则；

"好牡丹还得绿叶扶持"，这是牡丹告诉给人类社会的一个审美准则；

"好牡丹还得绿叶扶持"，这是牡丹暗示给人类社会的一种结构形态；

"好牡丹还得绿叶扶持"，这是牡丹播撒给人类社会的一种哲学思想。

1. 奶奶说出的真理

每年的4月末5月初，我都会去看牡丹。花圃也好，花园也好，沟、渠、丘、壑也好，只要有牡丹盛开的地方，都会吸引我不惜力气，不惜时间，不避山高路远，不怕日晒雨淋，不惜翻山涉水，或独自，或结伴，去看牡丹。

我不仅喜欢看盛开的牡丹，也喜欢看将开未开的牡丹。牡丹将

开未开时，虽然没有大红大紫的那种鲜艳，但它意味着无限可能的未来，意味着生命力的蕴藏与行将迸发，意味着未来将是一片灿烂锦绣。小小的几片绿萼，紧包着一个小小的花骨朵，形成一个小小的花苞，有一点青涩，有一点羞怯，有一点畏惧人间风雨。小小的花苞先会露一点乳白，偶尔还会顶一颗两颗露水珠。太阳一照，露水珠会"噗"的一声落下，落到牡丹根部。有时候也会一连落下两三颗露水珠，打湿牡丹花根部的一小片土。而此时牡丹的蓓蕾会渐渐幻化成淡粉红色，渐渐敷上一点红晕，颤颤巍巍地缀在枝头上，随风摇一摇，又摇一摇，就摇出来一朵又一朵盛开的牡丹。

盛开时的牡丹胆子就大了，大朵大朵地绽放，大大方方地绽放，是那种敢向大自然、敢向人世间挑战的主儿，是那种多多少少有一点骄矜态度的牡丹，完全不顾它的萼下还有几片绿叶扶持着它的生命，扶持着它的灵魂。

不过，如果在这个时候能有一缕清风带着一阵雨来，细雨中的牡丹会更加娇艳无比。你身边也许是一朵一朵的牡丹，也许是一株一株的牡丹，然而放眼望去，哇，居然是众花联绢，像一片片彩云，像一匹匹绸缎，像一条条彩色漪流，来自大地，来自昊天，极力想铺满大地山河，极力想铺到天涯海角。看着那一片片国色，闻着那一阵阵天香，微风徐徐荡开锦绣涟漪，我不由想：若天下无牡丹，天下便无文章；若人间无牡丹，人间便无诗意；庙堂若无牡丹，庙堂便无壮丽辉煌；贫屋若有牡丹，贫苦人的生活或许会有希望。

牡丹给人间带来雍容大度的风格，牡丹赋予世界美的神韵。

站立在牡丹花丛中，一阵夏风轻轻吹过，忽然又让我想起了奶奶的话。是的，几乎每一次看牡丹的时候，我都会油然想起奶奶。

每年过年，父亲挂起年画来，奶奶就会看着年画笑，还要说："好牡丹还得绿叶扶持呢。"

那时候，我并不能够理解奶奶的话。我就问奶奶："为什么？"奶奶只慈祥地笑着说："没有绿叶扶持，牡丹也不好看。"

奶奶的话说得很朴实。懂事之后，特别是读大学之后，我才体会到，她的话里头包含着严谨的美学原则与深刻的哲学意味。

我的奶奶，是一位慈祥、善良、朴实、辛劳的北京老太太。谢谢她送给我这一句让我终生受用的话——"好牡丹还得绿叶扶持"，这真是一个颠扑不破的真理。

"好牡丹还得绿叶扶持"，这是牡丹馈赠给人类社会的一种处世原则；

"好牡丹还得绿叶扶持"，这是牡丹告诉给人类社会的一个审美准则；

"好牡丹还得绿叶扶持"，这是牡丹暗示给人类社会的一种结构形态；

"好牡丹还得绿叶扶持"，这是牡丹播撒给人类社会的一种哲学思想。

聪明人会学习牡丹爱惜绿叶，聪明人会效法绿叶扶持牡丹。

爱惜绿叶，实际上也是牡丹在爱惜自己；扶持牡丹，其实也是绿叶在成全自己。

世间万物都是互助的、互动的，都是相辅相成的。我们不是常常说师法自然吗？只有聪明人才懂得师法自然，通过大自然获得智慧。

网上流行这样一段话："欣赏别人是一种境界，善待别人是一种胸怀，关心别人是一种品质，理解别人是一种涵养，帮助别人是一种快乐，学习别人是一种智慧，团结别人是一种能力，借鉴别人是一种收获。"

这就是奶奶所说的道理。

在看牡丹的时候，我会常常想起牡丹与绿叶之间的这种哲学关系。奶奶虽然不懂哲学，但她懂得其中的道理。

2. 来自古人的歌吟

其实，很古很古的时候，"奶奶的道理"就已经氤氲在人间：

关关雎鸠，在河之洲。窈窕淑女，君子好逑……参差荇菜，左右采之。窈窕淑女，琴瑟友之。

南有樛木，葛藟萦之。乐只君子，福履成之。

桃之夭夭，其叶蓁蓁。之子于归，宜其家人。

摽有梅，其实三兮。求我庶士，迨其今兮。

北风其喈，雨雪其霏。惠而好我，携手同归。其虚其
邪？既亟只且！

瞻彼淇奥，绿竹猗猗。有匪君子，如切如磋，如琢如
磨。瑟兮僩兮！赫兮咺兮！有匪君子，终不可谖兮！

从《诗经》中的这些名句可以看出，春秋战国时期的人们太懂
得自然的陪衬了，他们在写诗的时候，无不拿自然界的草木虫兽起
兴，以扶持他们所作的诗的美质与浪漫，使他们所作的诗有更深刻
的道理。

纷吾既有此内美兮，又重之以修能。扈江离与辟芷
兮，纫秋兰以为佩。

昔三后之纯粹兮，固众芳之所在。杂申椒与菌桂
兮，岂维纫夫蕙茝？彼尧舜之耿介兮，既遵道而得路。

以上都出自《离骚》，屈原之所以有"香草美人"之称，就是
因为他太懂得自然之道了。

"荆州与国邻接，江山险固，沃野千里……" "众星拱月""一个好汉三个帮，一个篱笆三个桩""死亲戚活邻家"，说的都是扶持的事。

张敞为妻画眉，媚态可哂；董氏为夫封发，贞节堪夸。冀郤缺夫妻，相敬如宾；陈仲子夫妇，灌园食力。不弃糟糠，宋弘回光武之语；举案齐眉，梁鸿配孟光之贤。苏蕙织回文，乐昌分破镜，是夫妇之生离；张瞻炊臼梦，庄子鼓盆歌，是夫妇之死别。

鲍宣之妻，提瓮出汲，雅得顺从之道；齐御之妻，窥御激夫，可称内助之贤。

这些句子都出自《幼学琼林》，描述的是亦妻亦友的夫妻关系，也都是"好牡丹还得绿叶扶持"的最佳范例。

3. "我可不杀魏徵……"

在中国历史上，封建社会的皇室与民间、皇帝与臣子的关系，也是一种"好牡丹还得绿叶扶持"的关系。甚至有学者极端地说过，中国的历史其实是宰相的历史，这话有一定的道理，典型的例子即唐太宗与宰相魏徵及其他臣子的轶事。

《新唐书》上说，唐太宗以英武定天下，然其天姿仁恕。唐太宗即位之初，有人劝唐太宗以威凛的刑法整肃天下，魏徵却对唐太宗说绝不可以这样做。他对唐太宗说："因为上天说王政的根本在于仁慈和施恩，所以爱护民众、厚待风俗才是正确的做法。"唐太宗欣然接受了魏徵的意见，遂以宽仁治天下，使用刑法也更加小心谨慎。中国古代已有神圣的法律思想和法律意识，把法律看作社会安定的保障，是社会安定的最后一道防线，有法不依，必致祸乱。所以必须认真对待法律，不可以马虎，不可以草率。

　　唐朝刚兴盛起来时，唐太宗便与大臣们商量建立分封土地的制度，觉得与过往的时代比较，自己的业绩最为辉煌，所以自己对亲戚和功臣的分封就应该更加丰厚，超过以往。这时候魏徵又站出来反对了。魏徵据理力争，说事实并不像唐太宗说的那样，我们面对的是一个刚结束战乱的时代，人民的生活、精神和心灵，都受了很大的伤害。现在刚刚开始恢复生产和生活秩序，马上就讨论分封制，这是万万不可以的。大臣房玄龄、杜如晦、李百药、颜师古等人也都强烈反对实施分封制。唐太宗听从了他们的建议，不再讨论分封制的事。

　　还有一件事，发生在贞观元年（627）年。多个地方州府前后十几次奏称岭南部落首领冯盎叛乱，唐太宗想让右武卫将军蔺暮发江淮之兵讨伐他，魏徵忙劝谏说："天下刚刚安定，国民因为战争和灾难的创伤还没有恢复，疾病也依然还在流行，所以现在大唐的军队万万不可以为一个小小诸侯而轻举妄动。为一个小诸侯动兵，即使胜利了，也不会显出国家军队有多么强大；一旦失败了，反而会被天下耻笑。现在四海平定，不如怀之以德，加之以威，感化冯盎、震慑冯盎，冯盎惧，必自来。唐太宗接受了魏徵的意见，派散骑常侍韦叔以情以理去说服冯盎，安抚冯盎。果然，冯盎知道自己错了，立即派儿子冯智入朝侍奉唐太宗。唐太宗事后十分感慨地说："魏徵一言，比十万军队还厉害啊。"就连唐朝武将李晟都说："魏徵以直言致太宗于尧舜上，忠臣也。"

唐太宗想以史为鉴，欲知前世得失，遂下诏给魏徵、虞世南、颜师古等"绿叶"们，让他们去搜集史料，把经史和历朝历代帝王们兴衰的文字典籍呈上，供自己鉴读。后来唐太宗博览群书，学习了很多历史上治理国家的经验与知识，非常感慨地说："使我考察、研习历朝历代的统治经验，遇事能够不糊涂，是诸位大臣的力量帮助了我啊！"

这里面，谏官魏徵的功劳尤其大，他堪称大唐这一朵"牡丹"的"绿叶"。还有这样一个故事，非常有意思，更能说明"牡丹"与"绿叶"的关系。

唐太宗很喜欢玩鸟。有一次，唐太宗正捧着一只百灵鸟在宫中玩，魏徵有急事要面承唐太宗，匆匆进了皇宫，远远就看见唐太宗在玩鸟儿，心里很不高兴。唐太宗忽见魏徵来了，怕他批评自己玩物丧志，情急之下，赶忙把心爱的百灵鸟藏进了怀里。魏徵早已看到，也不便多说什么，就扯着唐太宗说事，故意絮絮叨叨，没完没了。唐太宗都急出汗来了，一直说，这事就这样吧，就这样好不好！魏徵说，不行啊，道理还没说清楚呢。等道理讲清楚了，魏徵又说，还有些细节也得说说啊，虽然是细枝末节，但在国家大事上，细枝末节也不可以疏忽大意。唐太宗心里想，你再这样说下去，我怀里的鸟儿可就要闷死了呀！而魏徵呢，心里也在说，一国之主，不操心政事，却玩鸟儿。就这样，他故意絮絮叨叨地说个没完，直等到觉得那鸟儿已经被闷死了，才结束了话题。魏徵走后，唐太宗急急忙忙从怀里掏出他那只可爱的百灵鸟，可怜它已经一命呜呼了。唐太宗气得跺着脚，指着魏徵的背影大骂："你魏徵……你魏徵……我，我非杀了你不可……"就这样，唐太宗一直骂到后宫。长孙皇后惊慌地问唐太宗："陛下您要杀谁呢？"唐太宗说："魏徵啊，我要杀……杀了魏徵。"长孙皇后说："好啊，杀了魏徵吧……"唐太宗忽然愣住了，说："我，我为什么要杀了魏徵呢？"长孙皇后说："你杀了魏徵，就没人能阻止你做错事，没人能劝你勤政，你不就逍遥了吗？"唐太宗听后大笑起来，谢过长孙皇后，一边埋葬他的百灵鸟，一边说："我不杀魏徵，我可不杀魏徵……我要是杀了魏徵，就等于把我和我的江山社稷都杀光了……"

大唐能有贞观之治，能创造中国历史上辉煌灿烂的历史，是不是也有赖于大唐的"牡丹"不辜负大唐的"绿叶"呢？

4. 奶奶就是中华古往今来的百姓

不管是普通人物，还是帝王将相，他们都懂得"奶奶的牡丹观"：好牡丹还得绿叶扶持。

奶奶，伟大的奶奶！可亲可爱可敬的奶奶！

清　赵之谦　《牡丹图》

牡丹，智慧的牡丹！国色天香的牡丹！

绿叶，有肝胆，有义气的绿叶！

奶奶是一朵牡丹，奶奶也是一片绿叶，奶奶就是一朵牡丹与一片绿叶最完美的结合，奶奶就是中华古往今来百姓中的一员。

播绿叶之郁茂，含红敷之缤翻。

布绿叶而挺心，吐芳荣而发暄。

布绿叶之萋萋，敷华蕊之蓑蓑。

振绿叶以葳蕤，吐芬葩而扬荣。

因而，我们在说牡丹时，不能忘记说扶持牡丹的绿叶。没有绿叶的扶持，牡丹仅仅是一个"泣孤舟之嫠妇"。

即使演戏，武将也需要四个兵分列左右，文官也需要家丁跟随，姑娘身边都要有个丫头。皇帝若没有"绿叶"扶持，他的江山绝难稳固。

"好牡丹还得绿叶扶持"，这个道理，放之四海而皆准。只要世界上有两种事物共同存在，就有"好牡丹还得绿叶扶持"的必要。鲁迅在他的《忽然想到》一文中也说过："外国的平易地讲述学术文艺的书，往往夹杂些闲话或笑谈，使文章增添活力，读者感到格外的兴趣，不易于疲倦。但中国的有些译本，却将这些删去，单留下艰难的讲学语，使他复近于教科书。这正如折花者，除尽枝叶，单留花朵，折花固然是折花，然而花枝的活气却灭尽了。"

　　文章的主体如"牡丹"，闲笔如枝叶，无枝叶映衬的"牡丹"，缺少鲜活的生气，不能够让人产生读书的兴趣，鲁迅先生说的，就是这个道理。

三、奏响时代的洪钟大吕

　　百年一度的"牡丹与中华精神"高峰论坛，终于在网络上的"云"会场召开了。"路漫漫其修远兮，吾将上下而求索"，十大牡丹名品们争先恐后参会，并各自选择了一个最契合的角度，畅谈起自己"虽九死其犹未悔"的"花生"。

　　大疫当前，一百年一度的"牡丹与中华精神"高峰论坛，只能在网上召开了。尽管非常遗憾，但能够在互联网上相见，也不影响人们畅所欲言，对于牡丹们和喜爱牡丹的人们来说，已经是不幸中的万幸，相当满足了。

　　作为本届大会的轮值主席，我虽然忙活了好些日子，虽然做好了方方面面的准备工作，虽然精神抖擞、满面春风，但内心的风暴一直不曾停歇，担心把会议搞砸了。完全没想到的是，大会开始后，所有的发言都像蓝天白云下的春花一般，灿然开放，各展身姿，满目绚烂！

　　中国是世界上唯一一个文明没有中断的国家，五千年的文化传统，世世代代传承至今，凝聚了非常高尚、无比高贵、极其高端的中华精神，比如家国情怀，正心修身，耕读传家，坚韧不拔，吃苦耐劳，披荆斩棘，百折不挠，勤劳勇敢，敢于拼搏，团结一心，众志成城，敬天俯地，孝慈爱幼，和睦邻里，无私忘我，先人后己，助人为乐，高格做事，低调做人，薪火相传，不断登攀……

　　我就沿着这个思路，请每位与会的牡丹谈一谈自己的选择，得到大家的一致赞同。十大牡丹名品争先恐后，各自选择了一个最契合自己的角度，畅谈起了自己的"花生"。

1. 姚黄选择了"家国情怀"

　　"十大名品"之一的姚黄，被称为"花王"，便以"大哥"身份首先发言：

　　　　大家知道，古往今来，我们中华文明涌现出了无数圣贤良相和英雄豪杰！我个人最推崇的是范仲淹，他的《岳阳楼记》乃千古第一至文，他的"先天下之忧而忧，后天下之乐而乐"思想，上接尧舜禹的爱民思想，下达"天下为公"的现代情怀，是中华民族最高的思想境界。我认为正是无数仁人志士代代接续，高举着这崇高的思想火炬，引领着中华民族不懈奋进，才使得中华民族不断续写着辉煌，走到了今天。

　　我们牡丹家族能有今天，也是受惠于此的。今天咱们牡丹大家族已经有了几百个品种了，我既然被各位推为"花王"，也要践行前辈先祖们"先天下之忧而忧，后天下之乐而乐"的初心，为牡丹好好服务！

2. 魏紫选择了"吃苦耐劳"

　　"十大名品"之二的魏紫，一向被尊为"花后"，也顺理成章地以"大姐"身份讲了起来，不过她说的是另一番花语：

　　我第一次去四川的时候是20世纪80年代，那时的我啊，还相当年轻。当时，我看到了一个特别震惊的情景，就是在田地里干活的，怎么全都是妇女？那时，正是插秧时节，她们两脚蹚在泥水里，深深弯着腰，有的背上还背着孩子，手上拼命地忙碌着。远远地看不清她们脸上的表情，但毒辣的大太阳晒着，背上的孩子在大哭……我就忍不住问道："为什么都是女人在干活儿？男人们呢？"回答我的，竟然是一片不以为然的口吻："你看你不晓得了吧，这就是我们的地方特色哦，男人们在茶馆里摆龙门阵呢。他们每年犁地时才下地干活儿，因为那活儿太重噻，女人做不来。""我们四川女人可能吃苦耐劳了，下地干一阵子活以后，还要赶快回家给男人做饭吃呢。男人从茶馆里回来吃不上饭，可就要动手打人噻……"当时，我就像被打了好几闷棍，直到现在，几十年过去了，也还没缓过劲儿来！那时我是痛心疾首，现在我是黯然神伤，让我想起大风雨来临时，抽在咱们身上的鞭子！

　　要说中华的母亲们，真是最让我敬佩的。在过去几千年农业文明时期，一年四季里，她们每天起得很早，先去推碾子碾米碾面，然后赶紧回家做早饭。伺候了公婆丈夫孩子之后，自己囫囵吃两口剩的，就下地干农活。眼瞅着到了晌午，又小跑着回家做午饭，把早上的程序重复一遍。晚饭时再重复一遍。然后，男人们可以休息了，家家的母亲们又拿起针线，给一家老小缝缝补补，直熬到深夜……一年到头，三百六十五天，天天都是这样的辛苦，干不完的活儿，受不尽的苦！可是母亲们咬着牙，顽强地忍受着，用自己瘦弱的肩膀支撑着一家老小的日月春秋，也扛起了民族的繁衍生息。

　　而且，最难能可贵的，就是在这么艰难困顿的情况下，很多母亲也没有放弃对美的追求，总是像对待她们的孩子一样，对咱们姐妹加以精心照顾——你们没忘记前面山西大哥说的吧，即使穷得家徒四壁，他母亲也要养几株牡丹花。因此，咱们可要更加美丽地绽放，可不能辜负了生养咱们的母亲们啊！

3.欧碧选择了"百折不挠"

"十大名品"之三欧碧听到此，用力抖动了一下淡绿色的花瓣，抢着发言了：

　　我想起了当年上大学时，写作课老师点评我们的作文。有个同学写了这样一段话："黄河是我们的母亲，长城是我们的父亲，他们的结合诞生了中华民族……"老师是用嘲笑的口吻点评的，引起全班同学的哄堂大笑，但我没笑，因为我觉得这位同学的比喻虽然有点不规范，可是他的引申义并不错。

　　长城被全世界看作中华民族的象征，用长城比喻中国男人，大体是恰切的。中国男人具有的优秀品质太多了，比如对国家和社会、对家族和家庭、对妇孺和老弱，天然地负有一种撑门立户的责任感。他们是"门户"的主心骨，是脊梁，所以干重活儿的是他们，打仗冲锋的是他们、屯垦戍边的是他们，大灾难降临时挺身在最前面的也是他们……而且他们没有抱怨、牢骚、胆怯和逃脱，认定这就是他们立身于世界上的根本。咬定青山，百折不挠，他们就是黄河上奋勇前行的那群汉子。

　　他们中的英雄豪杰，更是世界上的珍宝。"壮志饥餐胡虏肉，笑谈渴饮匈奴血"的岳飞、"人生自古谁无死，留取丹心照汗青"的文天祥、"粉身碎骨浑不怕，要留清

白在人间"的于谦，还有袁崇焕、郑成功、戚继光、"戊
戌六君子"、"黄花岗七十二烈士"、杨靖宇、赵尚志、
佟麟阁、赵登禹、张自忠、黄继光、邱少云、杨根思、雷
锋、王杰、焦裕禄……这些古往今来的中华好男儿，是散
立在黄土地上的金沙，聚沙成塔，他们带领着一代又一代
中华儿女，挺起了民族的胸膛。

在牡丹家族中，欧碧虽然是花数最少的一支，但不
代表欧碧没有中华好男儿的血性——争锋，争锋，披荆斩
棘！前进，前进，百折不挠！

4. 赵粉选择了"正心修身"

"十大名品"之四的赵粉听到此，忍不住接嘴道：

且慢，我要做一个重要的补充。从以孔、孟为代表的
诸子百家，到屈原、司马迁、"竹林七贤"、陶渊明，再
到以李白、杜甫为首的唐朝诗人，以韩愈、柳宗元为首的
"古文八大家"，以苏轼、辛弃疾为标高的宋词群贤，之
后是"元曲四大家"关汉卿、郑光祖、马致远、白朴，曹
雪芹、罗贯中、吴承恩、施耐庵等明清小说家，乃至现当
代以鲁迅为旗帜的文学家……我中华一代接一代的文学大
师，创造出了《诗经》、《楚辞》、《史记》、汉赋、唐
诗、宋词、元曲、明清小说、现当代海量作品，这是中华

文化集大成的文学精粹，惊天地，泣鬼神，其辉煌可光耀于任何民族。这种文化的高等级程度，在人类文明史上，绝对是超一流的，而不是像西方有些别有用心者所污蔑的，说中国人是劣等民族，几千年来都活在猪狗不如的泥淖中！

所以我认为，如果说英雄豪杰是散立在黄土地上的金沙，那么文化大师们就是一串串闪亮在夜空的明灯，他们呕心沥血地挖掘、整理和创造出中华文学艺术，照亮了神州大地，教化了人民大众，让民族精神像我们牡丹花一样盛开，功莫大焉！

5. 二乔献诗一首，并选择了"薪火相传"

"十大名品"之五的二乔，献诗一首：

自古艰辛读书郎，穷经皓首著文章。

千秋黑白一支笔，万年是非论短长。

高天压打青云志，洼地陷谤热衷肠。

薪火相传使命在，忍辱负重弱肩扛。

然后接着说道：

　　不能小看了文化的力量，一个民族能否在世界之林立起来，其精神文化是一个重要的标志。中华民族五千年巍然屹立在世界的东方，民族优秀文化的传承起到了扛鼎的作用。比如，我们的小孩子，哪个不会背"锄禾日当午，汗滴禾下土。谁知盘中餐，粒粒皆辛苦"？哪个不知"学而时习之，不亦乐乎""三人行必有我师"？民族精神就是在这样的牙牙学语中，潜移默化，代代相传，所以说要多读书学习呢！

二乔说到这里，停顿了一下，说起她观察到的一个现象：

　　近年来我发现，中国作家和学者中，包括多位名家，重新回过头来读传统经典的越来越多了，比如余秋雨研读《金刚经》，鲍鹏山解析秦国，张炜重读王维等唐代五诗人……为什么呢？记得20世纪80年代以降，西学东渐，我自己也爱读西方世界名著，什么托尔斯泰、雨果、巴尔扎克、陀思妥耶夫斯基、马尔克斯等人的著作，是真的爱读，不吃饭不睡觉也捧着读。现在呢，我也变得越来越迷恋起咱们中国自己的圣哲和诗人了。每天捡起年轻时背过或没背过的古典诗词，重新背诵，细细体会，有了一点点新的发现也高兴得不得了。我也时时问自己：这是为什么呢？

唉，我们这一代还是读书太少。就拿我来说，只读到小学五年级就停学了，六年级和初中、高中的语文课都没上过。季羡林先生曾亲口跟我说过，他虽然只是一个普通农民家的孩子，但四五岁时就已经会背诵很多诗文了，一直到了90多岁时还能流利地背出六七十篇。而我们这代却没有这般童子功。后来，我虽说是幸运地进入大学读了中文系，可四年时光匆匆忙忙就滑过去了，当时，文、史、哲，还有外语，什么都需要恶补，就像小猫抓鱼，也就只是扒拉了几下水面而已。现在，我越来越觉得贫乏得可怜，拿起这本书没读过，拿起那本书也没读过，什么都想重新读，想重新补课。

6. 洛阳红选择了"高格做事，低调做人"

"十大名品"之六的洛阳红听到这里，频频点头，深以为然，大声说道：

我们的确需要重新沉下心来，好好补补课。

对比五千年的民族历程，我们花儿的生命实在是太短暂了。然而要端正地过好这一生，也是不容易的，甚至可以说是非常艰难的。人与花儿，都要经历许多事情，战胜九九八十一难。

我们的老祖宗，其实早已经为后世子孙点亮了一盏盏明灯，告诉我们行事之道。比如我始终牢记着20多年前读到的一句话："念高危，则思谦冲而自牧；惧满溢，则思江海下百川。"当时深受触动，觉得人应该对自己有所要求：要有风骨，知是非；要有情怀，明道理；要有思考，敢担当。哪怕自己只是一朵普通的花儿，也应该高调做事，低调做花儿。我真是不喜欢太张扬的人，不喜欢自我感觉过于良好的人，不喜欢眼睛里只有自己没有别人的人，不喜欢夸夸其谈的人，不喜欢耍嘴皮子不实干的人，不喜欢爱出风头的人，不喜欢总是在炫耀自己的人……

我喜欢大海，每每羡慕东边和南方的朋友，可以经常到海边，亲身感受大海的宽广与渺远。当然，作为内陆的北方花儿，我们也能仰观云海，尽情享受天空的苍茫与辽阔。我的意思是，不要把眼睛只盯在眼前之物上，那不是格局太小了嘛——天地大者，世界广者，历史深者，岁岁年年，朝朝代代！

7. 御衣黄选择了"无私忘我，先人后己"

"十大名品"之七的御衣黄，"啪啪"拍起巴掌，表示支持，也借机表达了自己的观点：

听了以上各位哥哥姐姐们的发言，很受教益。我一直把自己定位为普通花儿，所以选择了一个普通人的视角，想要表态自己要做一个君子，或者用老百姓的话说就是做一个好人。

什么样的好人呢？听我讲一个当代君子的故事吧。我所讲的就是备受尊敬的季羡林先生的故事。大家应该都听说过他替学生看行李的轶事吧。有一年新生报到时，恰逢季先生路过新生报到处，一个新生看到穿着蓝布衣裳、黑布鞋的老人家，竟把他当作一位工友了，请他帮忙看一下行李，然后就匆匆忙忙离开了。季先生果然就守在那里，帮忙看了半天，直到那新生回来了才离开。在第二天的全校迎新大会上，那新生看到昨天那位蓝布衣裳、黑布鞋的老人家坐在主席台上，才知道他竟然是北大副校长季羡林。还有一次，住在季先生家楼上的人家的卫生间漏水了，水"滴滴答答"滴到他家卫生间的马桶上面。家里人想去告诉一声，请他们修理一下，季先生不让，说楼上只有老夫妻俩，他们没有能力解决这个问题，他们知道后会非常着急和烦恼。从此，季先生家就出现了一个奇景——打着雨伞坐马桶……

这种克己忘我、一心为他人着想的事，在季羡林先生的人生中还有很多。他就是具有君子情怀的人，有时简直达到了圣人的高度。我承认自己达不到他的境界，但我愿意学习这种精神，"毫不利己，专门利人"，这是中华民

族从古代圣贤起，就教诲和引领民众去做的。我愿做这样
一朵中华牡丹花。

8. 青龙卧墨池选择了 "孝慈爱幼"

"十大名品" 之八的青龙卧墨池，接着御衣黄的话说自己也想
生活在普通人中，做一朵普通花儿，孝慈爱幼，为提高人们的幸福
感，献上一点绵薄之力。它说的是：

> 现在我们中国的老年人口比例越来越高，我很多
> 次、很多次看到，70多岁的儿女推着轮椅，带90多岁、
> 100多岁的父母去医院看病。他们这一代在尽孝心方面做
> 得还是不错的。但我却很少看到二三十岁的儿女陪六七十
> 岁的父母上医院看病，原因可能是他们太忙，正是需要为
> 事业拼搏的时候；也可能是他们的父母觉得自己还行，不
> 愿给儿女添麻烦——不过我要说一句，我希望通过自己的
> 孝行率先垂范，比如老人摔倒了，我要伸手去扶一把；他
> 们过马路畏惧时，我要揽着他们慢慢走；他们拎着沉东西
> 时帮忙拎一拎；他们在公共场合弄不好手机时，主动上去
> 帮帮忙；开车遇到他们时，一定主动礼让；还要抽出时间
> 去社区为他们服务……
>
> 孟子给梁惠王讲解如何做一个仁义君王的时候，就讲
> 到 "老吾老，以及人之老；幼吾幼，以及人之幼"。几千

年来，这句话成为中国人世代遵循的经典。我觉得现在的年轻人在爱幼上做得很好，我愿助他们在孝慈方面亦接续传统，发扬光大。

9. 酒醉杨妃选择了"和睦邻里"

"十大名品"之九的酒醉杨妃，难免让人联想到杨贵妃，当年她"回眸一笑百媚生，六宫粉黛无颜色"，独得唐明皇的专宠之后，变得骄奢淫逸、骄横跋扈、不可一世，最终导致了"宛转蛾眉马前死"的结局。现在我们的酒醉杨妃可完全不是这般心性了。它说：

> 我想说一说人际关系方面的事。小时候，我住在北京的一个大杂院里，那时父母都是双职工，我们家的钥匙就放在邻居王奶奶那儿，有时候父母下班回来晚了，我就在王奶奶家蹭吃蹭喝。王奶奶也不拿我当外人，我犯错的时候就教训我一顿。不仅是我，我们院凡双职工家的钥匙都放在王奶奶、张奶奶、李奶奶家里，孩子们都在这些奶奶们家蹭吃蹭喝。那时自行车还是很珍贵的东西，有时一个孩子把家里的自行车骑出来，全院的孩子都轮着骑。滚铁环也是，踢球也是，抓拐也是，跳皮筋也是，全是孩子们一起玩……我很怀念那时的邻里关系，和睦、亲热，像是一个大家庭。可惜后来搬进楼房以后，这种关系被各自单

元的防盗门隔开了。

　　我很不甘心，就主动做一些和睦邻里的事，人心都是肉长的，其实家家户户也都是这么希望的。可惜我们小区楼太多了，楼层太高了，住户也都不是一个单位的，还经常换，所以我熟悉的邻里很有限。有时我就到街道居委会去帮忙，做一些力所能及的事。有时候碰到一些摘花折柳的事，我也批评一下，大部分人都能接受，我也就算了，下次碰面还是好邻居。可也有素质非常差的人，蛮不讲理，还骂骂咧咧，我也不跟他们急，毕竟十个指头不一般齐，人的成长环境不同，所受到的教育也不同，所以叶子有黄的有绿的，花朵有大的也有小的。

　　不过要叫我说，加强教育，提高民众文明程度，还是有必要大力抓起来的。兄弟姐妹们，咱们也都尽一份绵薄之力吧！

10. 白雪塔选择了"众志成城"

　　"十大名品"之十的白雪塔，忽然站起身，先"哈，哈，哈"大笑三声，接着眉飞色舞，做了一番慷慨激昂的发言，振奋了全体与会者：

　　作为大会最后的发言者，谢谢诸位把最好的一个话题留给了我。说起中国的民族素质，近年来批评的声音颇多，因为确实是有一部分国民的素质很差，最招人恨的就是损人利己的人……关于民族劣根性的自我反思也不少。我认为这都是必要的，很对，很好，对提高全体国民的文明和文化程度大有裨益，正应了孔子他老人家的那句话："见贤思齐焉，见不贤而内自省也。"

一度，我自己也有点沮丧，信心不足。但这场与新冠病毒的大战斗，让我看到了深埋在中华民族心灵和躯体中的力量，这是众志成城、强大无比、不可战胜、催人奋进的力量，昭示着我们大中华自立于世界的辉煌前景！

泪奔！当我看到一位位不同性别、不同年龄段的医务人员，急匆匆地奔赴抗疫现场，他们的身后，是被自己果断舍下的小家和亲人；他们的前面，是不可知的巨大危险……

泪奔！当我看到寒风中、暑热里，从国家领导人，到基层的居委会干部，一级级工作人员都坚守在抗疫第一线，誓把病毒拒之门外。

泪奔！当我看到我们的孩子，尤其是三四岁的幼儿，不哭也不闹，穿起隔离服，全副武装，独自走向隔离车，那小小的身影，是那么的刚强和勇毅……

泪奔！当我看到突然出现疫情的小区里，猝不及防的邻居们展开互助救援，你给我送来一把米，我给你递出一个土豆，他给我们拎来两桶饮用水……

　　泪奔！当我看到空荡荡的大街上，一位位快递员以风驰电掣的速度与时间赛跑，不仅是把人们需要的物资送来了，也把战胜大疫的信心点燃了……

　　泪奔！当我看到一个个解除疫情的小区和村庄，人们涌出家门，欢呼雀跃，互相拥抱，泪流满面，庆贺胜利……

　　在祖国的大江南北，村村寨寨，山山水水，这一幕幕众志成城的画面，一再上演，上演，上演……我一次次热泪盈眶，中华民族的伟大精神底蕴，原来是这样的深厚，不可战胜！

11. 作为大会主持人，我献上一首散文诗

　　"哗！哗！哗！"白雪塔说得太棒了，会场里响起了经久不息的掌声，我看到每朵牡丹花儿的眼睛里，都闪烁着晶莹的泪光。这天，各位牡丹花的发言都十分精彩，不愧为十大名品，不仅有着出众的花貌，而且文化水平高，见解深刻，基本上把中华民族的文化精神全面梳理了一遍，给我也上了丰富而深刻的一课。作为大会主持人，我没有什么要补充的了，献上一篇散文诗，表明自己的心迹吧：

　　我愿意成为一颗晨星，吹响唤起宇宙天地醒来的号角。

　　我愿意成为一缕阳光，为万物生长提供源源不竭的热能。

我愿意成为一朵红霞，挽起所有夕阳红的手臂。

我愿意成为一轮明月，照亮普天下花好月圆的美景。

我愿意成为一丝清风，将百花的芳香吹遍世界的各个角落。

我愿意成为一片雪花，让纯洁晶莹的心灵感动每个人的心田。

我愿意成为一座高山，鼓励有志者不断向上攀登。

我愿意成为一泓大海，用无垠的胸怀开阔更广大的视野。

我愿意成为一枚绿叶，使世界充满葱茏的绿意。

我愿意成为一粒稻米，争取年年五谷丰登。

我愿意成为一个逗号，永不停歇地续写辉煌。

我愿意成为一个句号，每天都去完成一篇新变化的报道。

我愿意成为一首诗歌，唱响时代的洪钟大吕。

我愿意成为一篇文章，写出生活的丰厚与内涵。

我愿意成为一颗大心脏，为需要的人排忧解难。

我愿意成为全能的花神，为提高全人类的幸福指数竭尽所能！

我完全没想到，大会在"云"上举办，也能取得这么圆满的成功。

百年一次的"牡丹与中华精神"高峰论坛，让国色天香的牡丹们找到了一个直抒胸臆的机会。看得出来，它们的思考很深，且已久蓄在胸，终于借这个机会说了出来。能在万众瞩目的云端登上讲台，尽管只能择其精要浅谈观点，也是无比珍贵的机会。

胸胆尽开，激情难抑，我有点欲罢不能。于是，我加了一个临时提议，邀请花团锦簇的牡丹花神花众们，一起在"云"上登景山万春亭，去观览今天的北京城胜景。

前面说过，万春亭是景山最高的亭阁，位列公园五座亭子最中央。它正好站在北京南北中轴线的中心点上，位于今天北京城市核心区的心脏区域。

这是北京众多盛景中，我最心仪、最点赞之处，私心认为是全北京最美的一个观览点，曾给无数朋友和读者推荐过：前有气象森森的紫禁城、天安门，后有端庄肃穆的钟鼓楼、地安门，东有轰轰烈烈的北大红楼、五四广场，西有红墙绿波的北海公园、中南海……一条神龙见首不见尾的中轴线，风云际会，系着北京城的一条条大小神经与血脉，展现着数百年的皇皇发展史，还将无数为国为民的英雄人物拥抱在怀中，将我中华民族的优秀精神薪火相传。

抬望眼，高天澄澈，一蓝如海，艳阳金黄，春风和煦，天空晴朗得没有一丝白云，像一面巨大的魔镜在讲述着大地上的各种故事。远凝眸，奇迹出现了，突然感觉万春亭变成了一个硕大的聚宝盆，我和花团锦簇的众牡丹正站在聚宝盆的中央，眼看着远处连绵不绝的西山群峰、近端鳞次栉比的现代大厦，还有一条条胡同、一道道大街、一座座学府、一家家商贾店铺，以及忙碌的、欢快的、悠闲的、像蜜蜂般勤劳工作的人们……他们和它们，全都在呐喊着、高歌着、欢呼着、跳跃着、涌动着，向这中心奔跑过来！

这是电影蒙太奇吗？不，不是，分明是生发在我们眼里、心中的实实在在的宏大叙事。

众牡丹仙子欢声雷动。所有大大小小、笑逐颜开的牡丹们，都涨红了自己的花容丽貌，拼命地摇动花枝，抛出五彩缤纷的花瓣，扬起一轮又一轮美轮美奂的梦幻花雪，激情绽放，放声欢唱。

好啊，让我们团结一心，奋力拼搏，奏响时代的洪钟大吕！

图书在版编目（CIP）数据

　　一花一世界.牡丹 / 韩小蕙著. —济南：泰山出版社，
2023.1

　　ISBN 978-7-5519-0746-0

　　Ⅰ.① 一… 　Ⅱ.① 韩… 　Ⅲ.① 散文集—中国—当代
Ⅳ.① I267

中国版本图书馆CIP数据核字（2022）第192290号

YI HUA YI SHIJIE · MUDAN
一花一世界·牡丹

策　　划　胡　威
主　　编　李掖平
著　　者　韩小蕙
责任编辑　王艳艳　　任春玉
装帧设计　路渊源

出版发行　泰山出版社
　　　　　社　　址　济南市泺源大街2号　邮编　250014
　　　　　电　话　综 合 部（0531·）82023579　82022566
　　　　　　　　　出版业务部（0531）82025510　82020455
　　　　　网　　址　www.tscbs.com
　　　　　电子信箱　tscbs@sohu.com
印　　刷　山东通达印刷有限公司
成品尺寸　160 mm × 240 mm　16开
印　　张　15
字　　数　170千字
版　　次　2023年1月第1版
印　　次　2023年1月第1次印刷
标准书号　ISBN 978-7-5519-0746-0
定　　价　46.00元